rk Ork
Elfenversteck
Tor zur Menschenwelt
Todessümpfe
Drachenfriedhof

Klaus-Peter Wolf
wurde in Gelsenkirchen geboren. Schon in der Schule schrieb er lieber unter der Bank Geschichten, statt sich am Unterricht zu beteiligen. Seine Bücher wurden vielfach ausgezeichnet, u. a. erhielt er den Erich-Kästner-Preis und den Anne-Frank-Preis.

Bettina Göschl
wurde 1967 in Bamberg geboren. Schon mit sieben Jahren wollte sie Sängerin werden und schreibt seit 1992 Lieder für Kinder.
Mit Klaus-Peter Wolf hat sie schon einige Kinderbücher veröffentlicht.

Das magische Abenteuer

Klaus-Peter Wolf
Bettina Göschl

Die erste Begegnung

Mit Illustrationen
von Don-Oliver Matthies

Schneider
Buch

Bibliografische Information Der Deutschen Bibliothek
Die Deutsche Bibliothek verzeichnet diese Publikation in der Deutschen Nationalbibliografie; detaillierte bibliografische Daten sind im Internet über http://dnb.ddb.de abrufbar.

Der Schneider Verlag im Internet:
www.schneiderbuch.de

Titelbild und Innenillustrationen: Don-Oliver Matthies
Herstellung/Satz: FIBO Lichtsatz GmbH, Unterhaching
Druck und Bindung: Westermann Druck Zwickau GmbH, Zwickau
ISBN 3-505-11916-4

03 04 / 8 7 6 5 4 3 2 1

Inhalt

Max Klaphecke

ist zehn und liebt Computerspiele über alles – aber nur, wenn er gewinnt! Auch im wirklichen Leben spielt Max gerne den Helden und hat immer einen coolen Spruch auf den Lippen. In der Schule ist er supergut, und über alberne Geschichten von Zauberern und Elfen kann er nur lachen. Bis er eines Tages selbst im Reich der Elfen landet und vom bösen Zauberer Kro gejagt wird ...

Mo

ist eine Elfe und die beste Freundin der Kinder, nachdem sie auch Max davon überzeugt hat, dass es sie wirklich gibt. Sie kann zaubern und hilft den Geschwistern im Kampf gegen den bösen Zauberer Kro, der das gesamte Elfenreich mit seiner schwarzen Magie beherrscht. Wenn es drauf ankommt, ist Mo immer zur Stelle.

Marie Klaphecke

ist Max' jüngere Schwester. Im Gegensatz zu ihrem Bruder schreibt sie ständig schlechte Noten, weil sie lieber vor sich hin träumt als im Unterricht aufzupassen. Sie liebt Geschichten von Zauberern und Prinzessinnen, am liebsten wäre sie selbst eine Prinzessin. Manchmal verwechselt sie die Geschichten mit dem wirklichen Leben. Deshalb glaubt ihr Max auch erst kein Wort, als sie ihm erzählt, dass sie eine echte Elfe gesehen hat ...

Das geheimnisvolle Elfenbuch

Auf den ersten Blick konnte Marie das Buch gar nicht richtig sehen. Es war vor langer Zeit im Regal nach hinten gerutscht und wurde dort von den anderen Büchern verdeckt. Marie fand es, als sie ein Pferdebuch aus dem Regal im Wohnzimmer zog.

Es war schon kurz vor sechs, und gleich würde es Abendbrot geben. Eigentlich hätte Marie jetzt an ihren Hausaufgaben sitzen müssen, aber sie kam einfach nicht voran. Sie hoffte, dass Max ihr gleich helfen würde. Natürlich hatte Max, das Mathegenie, seine Hausaufgaben längst erledigt. Im Gegensatz zu ihrem großen Bruder konnte Marie sich jedoch einfach nicht auf Zahlen konzentrieren. Wenn sie lange genug in ihr Mathebuch sah, begannen die Zahlen vor ihren Augen plötzlich zu tanzen. Marie las lieber Bücher, in denen statt Zahlen Prinzessinnen, Feen und Zauberer vorkamen. Manchmal las Marie die Geschichten sogar in der Schule unter der Bank.

Das dicke Buch zog Marie sofort in seinen Bann. Es sah alt und verstaubt aus. Der Buchrücken war aus brüchi-

gem Leder, und der Umschlag roch seltsam süßlich. Fast schien es Marie, als würde es rufen: „Öffne mich!"
„Marie! Komm, wir probieren mein neues Spiel aus!", rief Max, der mal wieder vor seinem Computer saß. „Oder muss ich dir schon wieder bei deinen Hausaufgaben helfen?"
Den Joystick fest in der Hand startete er seinen Rechner. Das neue Spiel hieß „Drachentöter". Max mochte den Kampf gegen Ungeheuer und Monster. Er fühlte sich dann stark und überlegen – wie ein echter Held. Max liebte die Herausforderung schwieriger Spiele, konnte es aber nicht ertragen zu verlieren. Darum spielte er jedes Spiel so oft, bis er alles unter Kontrolle hatte.
Das dunkle Gesicht eines Magiers erschien auf dem Bildschirm. Mit durchdringendem Blick aus glühenden Augen lud der Magier Max ein. „Komm, junger Held, betritt meine Welt! Je mehr Drachen du besiegst, desto stärker wirst du! Mit zehntausend Punkten eroberst du die Drachenburg und wirst König!"
Max lief ein Schauer über den Rücken, als er den Magier sah. Seine glühenden Augen machten ihm Angst, aber das hätte er natürlich nie zugegeben. „Coole Sache", rief er stattdessen, als das Spiel begann.
Den ersten Flugdrachen erledigte Max mit seinem Zauberstrahl ohne Probleme. „Marie! Es geht los!", rief er. „Leg das doofe Buch weg! Ich hab schon hundert Punkte!"

Marie blies sanft den Staub vom Buch und las die goldene Schrift auf dem Einband. „Im Reich der Elfen“, murmelte sie.
Ihr war, als höre sie einen Hilferuf. Kam er aus dem Buch? Marie konnte gar nicht anders, sie musste es öffnen.
Max drehte sich zu seiner Schwester um. „Oh, nein! Was willst du denn mit dem alten Schinken? Das Ding interessiert doch keinen Menschen. Jetzt komm endlich!“
Marie hörte Max’ Worte kaum, denn das geheimnisvolle Elfenbuch nahm sie vollständig gefangen. Wie immer, wenn sie ein spannendes Buch in der Hand hatte, war es, als würde die Welt um sie herum aufhören zu existieren. Vorsichtig schlug Marie das Buch auf. Der süßliche Geruch wurde stärker. Auf der ersten Seite entdeckte sie eine kleine Elfe. Ihre vier Flügel schillerten in den Farben des Regenbogens. Sie war nicht größer als eine Libelle und sah wunderschön aus: schlank und mit langem goldenem Haar. Um ihren schmalen Kopf lag ein glänzendes Stirnband, in dessen Mitte eine leuchtende Perle hing.
Jetzt war Max richtig genervt. Er drehte seine Schildkappe nach hinten. „Macht echt wahnsinnig Spaß mit dir, Marie! Du bist eine tolle Gegnerin!“
Marie sank mit dem Buch in den gemütlichen Ohrensessel und antwortete nicht.
Max kannte das. Marie war oft geistig abwesend – vor

allem, wenn sie in ihren geliebten Büchern las. Manchmal nervte ihn das sehr. Jetzt zum Beispiel. „Du alte Träumsuse!", brüllte Max und riss Marie damit jäh aus ihren Gedanken. „Du verpasst hier echt was!"
Marie wehrte ab. „Mann! Sei doch mal ruhig! Ich glaube, hier kommen Stimmen aus dem Buch!"
Max lachte. „Quatsch! Die kommen aus meinem Computer!"
Marie hielt ein Ohr an das Elfenbuch. Da war ein Wispern und Flirren. Sie las die ersten Worte. Sie sahen aus, als hätte sie ein Kind geschrieben. Seltsam, dachte Marie. Wer druckt denn solche Bücher? Schon begann sie zu lesen:

„Der böse Zauberer Kro hält seit vielen, vielen Jahren alle Elfen gefangen. Er hat sie in Bücher verbannt, wo sie leben wie gepresste Blumen. Doch wenn ein Menschenkind nur eine Elfe küsst, dann sind alle Elfen frei!"

Marie konnte es nicht glauben, aber sie musste es ausprobieren. Langsam führte sie ihre Lippen über das Bild der kleinen Elfe. Das Wispern wurde lauter.
Was tue ich hier eigentlich?, dachte Marie. Sie wollte das Buch wieder zuklappen.
„Ja, Marie! Tu es! Küss mich!", flehte eine helle Stimme.
„Ich bin schon beim zweiten Level!", jubelte Max.
Das Gesicht des Magiers erschien auf dem Bildschirm.

„Bravo, mein Junge! Du hast das Zeug zum Drachentöter! Volle 1000 Punkte! Herzlichen Glückwunsch!"
„Jippie!", jubelte Max. „Du holst mich nie mehr ein, Marie!"
Verwundert über sich selbst küsste Marie die Flügelspitzen der kleinen Elfe. Die Blätter des Buches flatterten, als würde der Wind mit ihnen spielen. Aber kein Fenster war geöffnet. Mit schnellen Flügelschlägen erhob sich die Elfe aus dem Buch. Flatternd schwirrte sie zu Marie empor.
„Mein Name ist Mo, und ich bin eine Elfe. Durch deinen Kuss hast du mich und meine Freunde befreit, Marie! Aber das war dumm von dir! Jetzt hast du das Tor zwischen den Welten geöffnet!"
Marie bekam kein Wort heraus.
Die Elfe schwebte aufgeregt hin und her. „Hättest du doch vorher das Buch genau gelesen, Marie! Nun kann sich der Fluch des Zauberers erfüllen! Passt gut auf euch auf! Zauberer Kro wird versuchen, euch in sein Reich zu holen!"
Marie fühlte sich schuldig – ohne zu wissen, was sie genau falsch gemacht hatte. „Aber, was habe ich denn getan? Du hast doch um Hilfe gerufen!"
Mo schüttelte so heftig den Kopf, dass Elfenstaub aus ihren Haaren regnete. „Was? Um Hilfe gerufen? Das konnte ich gar nicht. Ich war stumm und bewegungslos. Ein Bild in einem Buch. Erst du hast mir Leben eingehaucht. Die Stimme, die du gehört hast, kam von

Kro. Er wollte dich dazu bringen, das Tor zwischen der Menschenwelt und dem Reich der Elfen zu öffnen. Und du bist darauf reingefallen, Marie!"
Marie wurde schwindelig. Was sie gerade erlebte, gab es doch eigentlich nur in Märchen oder Filmen!
„Woher kennst du überhaupt meinen Namen?", fragte sie.
Mo lachte. „Jeder kennt deinen Namen im Elfenreich. Und auch den von deinem Bruder Max. Ihr seid die auserwählten Kinder!"
„Max, guck mal!", sagte Marie verwirrt. Sie verstand überhaupt nichts mehr. Aber sie sah die Elfe klar und deutlich. Ihre zarten Flügel bewegten sich so schnell, dass sie fast verschwanden. Marie fühlte einen sanften Windhauch.
„Ich gebe euch einen Rat!", sagte die Elfe Mo. „Glaubt nicht alles, was ihr seht! Kro könnte dahinter stecken. Er hat seine Augen überall und beobachtet euch!"
Maries Mund wurde plötzlich trocken. „Und jetzt? Es tut mir alles so Leid! Ich wollte nichts Böses anrichten. Kann ich das irgendwie wieder gutmachen?"
„Nein, Marie! Zu spät! Was geschehen ist, ist geschehen. Der Kampf hat bereits begonnen! Ich muss jetzt gehen. Meine Elfenfreunde brauchen mich in dieser schweren Stunde."
Unsicher rief Marie: „Du kannst doch jetzt nicht einfach so verschwinden! Sag mir wenigstens, was ich tun soll!"

„Ich komme wieder!“, versicherte Mo. „Lies das Buch! Dort steht alles geschrieben! Auf Wiedersehen!“
Mo sauste davon. Doch als sie auf dem Weg zum Fenster über den Computer flog, entdeckte Max die kleine Elfe.
„Iieh!“, kreischte er. „Eine Riesenlibelle!“
Er grabschte nach einer Computerzeitschrift, die auf dem Wohnzimmertisch lag, und rollte sie zusammen. Dann schlug er damit wild um sich und versuchte Mo zu erwischen.
„Nein! Nicht!“, schrie Marie. „Das ist keine Libelle, das ist eine Elfe!“
Max tippte sich an die Stirn und holte aus. „Na, klar! Und ich bin Michael Schumacher!“
Marie sprang auf und hielt Max fest.
Die kleine Elfe schwirrte nach oben, um aus Max' Reichweite zu kommen, und rief: „Hilf mir, Marie!“
„Max, hör doch! Sie kann sprechen!“, versuchte Marie ihren Bruder zu überzeugen.
Doch Max hatte Mos zarte Elfenstimme nicht gehört. Er riss sich von Marie los und holte erneut aus. „Ich krieg dich, du fette Libelle!“, rief Max triumphierend.
Max' Schlag verfehlte die Elfe nur knapp. Auf dem Computerbildschirm flackerte jetzt wieder das Gesicht des dunklen Magiers.
„Ja, Max!“, raunte die Stimme. „Tu es! Mach sie fertig!“
Mo flüchtete zur Decke. Max stieg auf den Tisch, um die Elfe zu erwischen.

„Schnell, Marie!“, schrie Mo. „Öffne mir ein Fenster!“
„Na, warte! Gleich hab ich dich, du blödes Vieh!“, schimpfte Max.
Marie riss das Fenster auf.
„Danke!“, hauchte Mo. Sie gab Marie einen Kuss auf die Stirn, bevor sie ins Freie flog.
Max schüttelte den Kopf. „Typisch Mädchen! Immer müsst ihr einem den Spaß verderben!“
„Typisch Jungs!“, antwortete Marie ärgerlich. „Ihr könnt ja nicht mal eine Libelle von einer Elfe unterscheiden!“ Marie zeigte auf das Buch. „Hier! Guck doch selbst! Die kleine Elfe ist verschwunden!“
Auf der ersten Seite waren nur noch Mos vergilbte Umrisse zu sehen.
Max' Gesicht verzog sich zu einem breiten Grinsen. „Aus meinem Dinosaurierbuch habe ich auch ein paar Bilder herausgerissen. Hoffentlich traben die Dinos nicht irgendwo in der Wohnung herum.“
Marie hasste es, wenn die Stimme ihres Bruders diesen überheblichen und spöttischen Unterton bekam. Früher hatte sich Marie dann immer klein und unterlegen gefühlt. Aber mittlerweile vermutete sie, dass sich etwas anderes dahinter verbarg: seine eigene Unsicherheit. Doch das behielt sie besser für sich.
„Blödmann!“, zischte sie und blätterte weiter im Elfenbuch. Auf einer Seite entdeckte sie ein Bild, das sie mit Max zeigte. Wie war das möglich? Marie kniff ungläubig die Augen zusammen und öffnete sie wieder – aber

das Bild war immer noch da. Auf dem Bild saß Max am Computer, und Mo flog gerade zum Fenster. Daneben stand genau geschrieben, was soeben passiert war. Gespannt blätterte Marie weiter, aber danach kamen nur noch leere Seiten.

Maries Wangen glühten vor Aufregung. „Es ist, als würden wir mit unserem Leben dieses Buch schreiben“, murmelte sie fassungslos. Dann wandte sie sich ihrem Bruder zu. „Max, hier steht alles drin! Auch wie du gerade versucht hast, die Elfe zu erschlagen!“

Doch Max hörte Marie nicht mehr zu. Der dunkle Magier hatte ihn wieder in seinen Bann gezogen, und Max war völlig in sein Computerspiel versunken.

Mo kehrt zurück

Frau Klaphecke schnitt im Garten eine dunkelrote Rose vom Strauch. Das waren die Lieblingsblumen ihrer Schwiegertochter Jana gewesen, der Mutter von Marie und Max.

Seit ihr Sohn Ralf und seine Frau Jana auf einer Expedition im Dschungel vor drei Jahren verschollen waren, hatte Frau Klaphecke ihre Enkelkinder Marie und Max zu sich genommen. Auch schon vor dem spurlosen Verschwinden ihrer Eltern lebten die Kinder oft bei ihrer Oma. Denn als berühmte Archäologen waren Ralf und Jana Klaphecke in der ganzen Welt unterwegs.

Sie suchten Spuren uralter magischer Orte, an denen Heil- und Zauberrituale vorgenommen wurden. Von einer Dschungelexpedition waren sie nicht mehr zurückgekehrt. Da sämtliche Suchaktionen erfolglos geblieben waren, wurden die Eltern von Marie und Max für tot erklärt.

Max hatte den Tod seiner Eltern akzeptiert, aber Marie hatte die Hoffnung nie aufgeben, dass sie eines Tages

wieder vor der Tür stehen würden: braun gebrannt mit einem Sack voller Geschichten.
Frau Klaphecke nahm die Rose mit ins Haus und stellte sie in eine Vase auf den Esstisch. Dann rief sie Marie und Max zum Abendessen. Max saß immer noch am Computer und kämpfte im sechsten Level mit einem Flugdrachen. Marie schlug das Elfenbuch zu und rannte damit zu ihrer Oma.
Missbilligend blickte Frau Klaphecke auf das Buch. „Weg damit, meine kleine Prinzessin! Beim Essen wird nicht gelesen!"
„Oma!", erzählte Marie aufgeregt. „Alles, was in dem Buch steht, ist wirklich passiert!"
Lächelnd verteilte die Oma Nudeln auf den Tellern. „Was ist das denn? Dein neues Geschichtsbuch aus der Schule?"
„Nein!", antwortete Marie und schüttelte den Kopf. „Kein Geschichtsbuch! Ein Geschichtenbuch! Da drin war eine kleine Elfe! Ich hab sie geküsst, und dann flog sie davon!"
Frau Klaphecke sah Marie bei dem Wort „Elfe" nachdenklich an. „Max, komm endlich!", rief sie dann. „Das Essen wird kalt!"
„Ja, gleich! Ich muss das nur noch schnell abspeichern!", maulte Max.
Marie legte das Elfenbuch auf den Esstisch und öffnete es. „Da, Oma! Guck doch selbst!"
Oma setzte ihre Brille auf und begann laut zu lesen:

Der böse Zauberer Kro hält seit vielen, vielen Jahren alle Elfen gefangen.

Stolz streichelte Oma Klaphecke Maries Kopf. „Das hast du aber schön geschrieben, meine Prinzessin! Hast du die Bilder auch selbst gemalt?“

Marie schüttelte energisch den Kopf. „Nein, Oma! Kapier doch! Das war ich nicht! Das Buch schreibt sich selbst!“

„Du bist so ein phantasiereiches Kind, Marie!“, antwortete Frau Klaphecke. „Genau wie deine Mutter. Wenn du so weitermachst, wirst du bestimmt mal Schriftstellerin!“

Marie ließ sich nicht abwimmeln. Sie zeigte auf das Bild. „Sieh doch, Oma! Das sind Max und ich!“

„Ja!“, sagte Oma anerkennend. „Das hast du wirklich gut hingekriegt. Im Zeichnen bekommst du bestimmt eine Eins.“

Max kam wie ein siegreicher Held an den Tisch. „Ich bin im siebten Level. Bald komme ich in die Drachenburg, und dann erledige ich das Endmonster auch noch!"
Oma verteilte Tomatensoße auf die Nudeln. „Max, du erinnerst dich doch bestimmt auch noch daran, wie eure Mutter euch beim Einschlafen immer Elfengeschichten erzählt hat. Das konnte sie ganz wunderbar!"
Marie protestierte: „Es ist wirklich eine Elfe aus dem Buch geflogen!"
Max zeigte ihr einen Vogel. „Du schon wieder mit deiner blöden Elfe. Du willst doch bloß ablenken, weil du deine Hausaufgaben wieder nicht gemacht hast!"
Sofort spürte Marie Omas kritischen Blick. Stumm senkte sie ihren Kopf und drehte ihre Spagetti auf die Gabel.

In dieser Nacht lag Marie noch lange wach. Sie nahm das alte Elfenbuch mit in ihr Bett und folgte dem Rat der Elfe. Marie zog sich die Bettdecke über den Kopf und knipste die Taschenlampe an. Sie wusste, wie man Oma austricksen konnte. So hatte sie schon oft heimlich gelesen. Am liebsten fantastische Geschichten. Doch noch nie hatte sie ein Buch wie dieses gelesen. Marie kam es so vor, als würde sie in die Geschichte hineingezogen. Alles erschien ihr fremd und gleichzeitig vertraut. Leise begann sie zu lesen, so, als würde sie sich selbst diese Sage erzählen:

Neben der Welt der Menschen existiert seit ewigen Zeiten eine zweite Welt.

Sie wird das REICH DER ELFEN genannt.

Früher besuchten die Elfen oft die Menschenwelt, um Menschen in Not zu helfen. Die guten Taten der Elfen wurden in vielen Märchen von den Menschen festgehalten.

Im Elfenreich herrschte damals ein Zauberer namens KRO.

Er war ein gütiger und lieber Mann, ein weiser Magier und Heiler. Unter seiner Herrschaft glich das Reich der Elfen einem Paradies. Es gab kein Leid und keine Schmerzen. Allen Bewohnern ging es gut, denn es gab alles im Überfluss.

Der König der Elfen wohnte in einem prächtigen Schloss mit goldenen Türmen.

Er hielt sich von der schwarzen Magie fern und benutzte sein magisches Wissen zum Wohle aller – auch dem der Menschen.

Kro heiratete die schöne Elfe SINA.

Sieben Tage feierte das ganze Elfenreich Hochzeit. Um die Menschen an seiner Freude teilhaben zu lassen, veranlasste Kro, dass es in der ersten Pause auf allen Schulhöfen Bonbons regnen sollte.

Ein Jahr später wurde dem glücklichen Paar eine Tochter geboren. Sie nannten ihr Kind JANA.

Marie wühlte sich aus ihrer Bettdecke. Genauso hieß meine Mama, dachte Marie. Sie sah zu dem Foto auf ihrem Nachttischchen. Dort stand ein Bild aus glücklichen Tagen, als Mama und Papa noch bei ihnen waren. Immer wenn Marie das Foto ansah, war ihr, als würde Mama sie wirklich anlächeln. Ihr Blick war so warm und tröstlich.
Marie sah noch einmal liebevoll auf das Bild. Sie wünschte sich ihre Eltern so sehr zurück, dass ihr die Tränen kamen.
Als sie weiterlesen wollte, begannen die Buchstaben vor ihren Augen zu flimmern. Ein violettes Licht schimmerte aus den Seiten, und Marie wurde plötzlich unerträglich müde. Sie kämpfte dagegen an, denn sie wollte unbedingt wissen, wie das Elfenbuch weiterging. Doch ihre Augenlider wurden immer schwerer, und sie konnte kaum noch ihre Arme und Beine bewegen. Es war ein Gefühl, als hätte ihr jemand ein Schlafmittel eingeflößt. Dann glitt Marie in einen dunklen Traum.
Sie sah eine finstere Welt, in der es kein Leben mehr gab. Gnadenlos wehte ein kalter Wind, der an den kahlen Ästen der abgestorbenen Bäume zerrte. So eine verwüstete Landschaft hatte Marie vorher noch nie gesehen. Am Horizont sah sie ein Schloss, eingefroren in meterdickes Eis. Sie drehte sich um und wollte fliehen. Doch was sie hinter sich erblickte, machte ihr noch mehr Angst. Drachenskelette ragten aus einem blubbernden Sumpf hervor, so, als würden die Knochen in

einer schwarzen Suppe gekocht. Marie glaubte ein kaltes, hämisches Lachen zu hören. Sie wimmerte im Schlaf. Doch plötzlich kitzelte sie etwas an der Nase, und sie musste niesen. Benommen richtete sie sich im Bett auf. Sie merkte, dass sie das Buch fest an ihre Brust gedrückt hatte, legte es zur Seite und schüttelte sich.
„So ein blöder Traum", stöhnte sie und nahm das Foto ihrer Eltern vom Nachttisch.
„Wie seid ihr bloß an das merkwürdige Buch gekommen?", fragte Marie das Bild. Sie sprach oft mit ihren Eltern, wenn sie alleine war und sah das Foto dabei an. Doch jetzt hörte sie zum ersten Mal eine Antwort.
„Das war ein Hochzeitsgeschenk von den Elfen – ein Buch, das sich selber schreibt", wisperte eine Stimme.
„Ich glaube, ich werde krank!", murmelte Marie. „Zuerst küsse ich ein Buch, dann fliegt eine Elfe durch die Gegend, und jetzt spricht auch noch ein Foto mit mir!"
„Das Bild spricht nicht mit dir!", lachte Mo. Die kleine Elfe flatterte auf Maries Bettdecke. „Ich bin zurückgekommen, weil ich dir eine Erklärung schuldig bin. Es war allerdings gar nicht so leicht dich wach zu bekommen. Seit einer Viertelstunde lasse ich dir Elfenstaub auf die Nase rieseln, aber du hast dich nicht gerührt."
Die kleine Elfe löste sich vor Maries Augen flimmernd auf. Im nächsten Moment saß eine wunderschöne Frau auf Maries Bettkante und strich sich eine goldene Locke aus der Stirn.

„Wie hast du das gemacht?“, fragte Marie verblüfft. „Du kannst ja richtig zaubern!“
Mo winkte ab. „Ach was! Das ist nur ein wenig Elfenzauber für den Hausgebrauch.“
„Kann ich das auch lernen?“, wollte Marie wissen.
„Aber natürlich, mit ein bisschen Übung könntest du sogar viel besser zaubern als ich“, lächelte Mo.
Marie hielt das für einen Scherz. Sie konnte nicht einmal darüber lachen, denn sie war noch zu sehr in ihrem Alptraum gefangen. „Ich hatte einen ganz schrecklichen Traum, Mo. Da war ein Schloss aus Eis und ein Sumpf, in dem Drachenknochen lagen.“
Mo nickte wissend. „Du hast die Todessümpfe gesehen, Marie. Es gibt sie wirklich. Und im Eisschloss lebt der böse Zauberer Kro. All das liegt in einer anderen, finsteren Welt. Einst gehörte diese Welt den Elfen und wurde *Das Reich der Elfen* genannt.“
Marie schüttelte ungläubig mit dem Kopf.
Die Elfe nahm Maries Hand. Ein angenehmes Kribbeln durchlief Maries Körper.
„Es ist alles wahr, was im Elfenbuch steht!“, erklärte Mo. „Ich muss es wissen, schließlich bin ich eine Elfe. Kro beobachtet dich und deinen Bruder schon seit eurer Geburt. Er weiß alles über euch! Er hat seine Augen überall: Sie sind da in der Uhr und sogar in deinem Teddy. Wenn du auf den Bildschirm deines Computers schaust, sieht Kro zu dir heraus. Er spioniert euch aus und wartet auf seine Stunde, aber seine Zauberkräfte

sind in eurer Welt zum Glück sehr begrenzt! Kro braucht hier einen menschlichen Körper, in den er schlüpfen kann. Er kann die Körper von Menschen beherrschen und benutzt sie wie ein Puppenspieler."
Marie setzte sich im Bett gerade auf und wurde kreidebleich vor Schreck. Am liebsten hätte sie um Hilfe geschrien. „Du machst mir Angst, Mo! Ich verstehe das alles nicht! Was will denn dieser Kro von uns?"
Mo hielt immer noch Maries Hand, und ein warmer Strom floss durch sie hindurch. „Hast du denn gar keine Ahnung, Marie?", fragte sie.
„Nein! Wovon denn?", rief Marie.
Vor Aufregung leuchtete Mo jetzt in allen Farben des Regenbogens. „Wie soll ich dir das erklären? Ausgerechnet ich! Also hör mir jetzt gut zu: Kro war einst ein wirklich guter Zauberer und gütiger Herrscher. Seine Tochter Jana war halb Zauberin und halb Elfe. Er schickte sie, wie alle anderen Elfen, in eure Welt, um Menschen in Not zu helfen. Sie heilte mit Elfenstaub nachts kranke Kinder. Kurz vor ihrem zwanzigsten Geburtstag traf Jana in der Menschenwelt einen jungen Mann. Er wäre auf hoher See fast ertrunken. Jana rettete ihm nicht nur das Leben, sondern verliebte sich auch noch in ihn. Deshalb bat sie ihren Vater in Menschengestalt zu dem jungen Mann gehen zu dürfen."
Marie schluckte. Es kam ihr so vor, als wüsste sie, wie die Geschichte weiterging. „Der Zauberer sagte nein, stimmt's?", fragte Marie gespannt.

Mo nickte. „Genau!“, antwortete sie. „Denn er hatte Angst davor, seine Tochter an die Menschenwelt zu verlieren. Heimlich traf Jana ihren Geliebten trotzdem wieder.“
Es war, als würde jemand an Maries Fenster pochen. Ein starker Wind kam auf und drückte Äste des Kastanienbaumes gegen die Scheibe. Das Fenster flog krachend auf. Marie sprang auf und wollte es schließen. Doch der Wind warf sie wieder zurück. Sie musste sich mit ihrem ganzen Gewicht gegen das Fenster lehnen, um es wieder zu verriegeln. Dann kuschelte Marie sich unter die Bettdecke und bat Mo weiterzuerzählen.
„Jana erzählte nur ihrer Mutter von ihrer heimlichen Liebe“, fuhr die Elfe Mo fort. „Aber Kro bekam es trotzdem heraus. Jana wollte aus Liebe ein sterblicher Mensch werden und auf ein Leben als Elfe für immer verzichten. Aber ihr Vater setzte all seine magischen Kräfte ein, um sie daran zu hindern. Aber mit weißer Magie kann man keine Liebe zerstören. Mit weißer Magie kann man Liebende zusammenführen, aber nicht trennen. Voller Verzweiflung und Gram wendete sich Kro der schwarzen Magie zu. Er glaubte die dunklen Kräfte zu beherrschen, doch rasch beherrschten sie ihn.“
Als Mo diese Worte ausgesprochen hatte, erhellte ein Blitz Maries Zimmer. Die Kastanienzweige knallten so heftig gegen die Scheibe, dass sie zerbrach. Die Scherben splitterten auf Maries Bettdecke. Marie erschauderte, und es wurde kalt im Zimmer.

„Kro ist hier!“, rief Mo und begann zu zittern. „Ich spüre seine Kraft! Sie wird immer stärker. Er wird alles tun, um dich und Max in sein Reich zu locken. Seht euch vor! Der böse Zauberer Kro braucht euch, um die Menschen zu unterwerfen. Ich muss verschwinden, bevor er mich hier erwischt!“

Plötzlich saß auf dem Bett keine Frau mehr, sondern wieder eine winzige Elfe. Sie blies glitzernden Elfenstaub auf die Glassplitter und schwebte zur Decke. Dann verschwand Mo durch das zerbrochene Fenster in die dunkle Nacht. Hinter ihr erhoben sich die Scherben und schwebten zum Fenster. Dort fügten sie sich im Holzrahmen wieder zu einem Ganzen zusammen. Verblüfft verfolgte Marie den seltsamen Zauber. „Wow!“, stieß sie hervor. „Das glaubt mir bestimmt wieder keiner!“

Marie lief mit dem Elfenbuch ins Zimmer ihres Bruders. Mit offenem Mund lag er zwischen seinen Comicheften und schlief. Marie rüttelte ihn wach. „Max! Max! Die Elfe war wieder da! Der böse Zauberer Kro ist hinter uns her! Er will uns holen, damit wir ihm helfen die Erde zu versklaven!“

Max drehte sich stöhnend um. Er gähnte laut. „Wobei sollen wir ihm helfen?“

„Na, die Menschen zu beherrschen!“, rief Marie ungeduldig.

„Ja, ja! Ist ja gut! Ich bin dabei, aber kann das nicht bis morgen warten?“, murmelte Max.

Marie zog ihm die Decke weg. „Max! Das ist kein Spiel, ich meine es ernst! Wir alle sind in großer Gefahr, weil ich die dunklen Kräfte geweckt habe! Hier! Lies doch selbst!"

Sie hielt Max das Buch hin. Doch Max packte es und warf es gegen die Wand. Das Buch knallte gegen das Poster von Arnold Schwarzenegger, und Max war gleich darauf wieder eingeschlafen.

Unheimliche Geisterfahrt

Am nächsten Morgen hatte Max schlechte Laune. Er maulte Marie schon beim Frühstück an: „Was fällt dir eigentlich ein, mich mitten in der Nacht zu wecken, hä? Mach das nicht noch mal! Und wehe, du quasselst mir heute auf dem Schulweg mit deinem Blödsinn die Ohren voll!" Max tippte sich an die Stirn. „Elfen, die dich nachts besuchen und böse Zauberer, die die Welt beherrschen – so was Bescheuertes! Ich habe die ganze Nacht von dem Quatsch geträumt!"
Max war davon überzeugt, dass seine Schwester seit gestern so richtig durchgedreht war. Sie war zwar schon immer etwas komisch gewesen mit ihrem Lesefimmel und ihren ganzen fantastischen Ideen, aber das war echt der Gipfel. Max wollte auf gar keinen Fall, dass seine Klassenkameraden irgendetwas von dieser blöden Elfe erfuhren – das wäre einfach oberpeinlich. Deshalb redete er den ganzen Schulweg über auf Marie ein, damit sie bloß niemandem in der Schule von dieser Sache erzählte. Schließlich gab Marie widerwillig nach.
Max hasste es bei solchem Schwimmbadwetter in die

Schule zu gehen. Im Klassenzimmer war es jetzt am frühen Morgen schon stickig und heiß. Max' Klassenkameraden stöhnten, weil sie in der letzten Stunde eine Mathearbeit schreiben sollten. Max hatte vor Klassenarbeiten nie Angst, ihm flog einfach alles zu. Was er einmal hörte oder las, behielt er. Er hatte ein fotografisches Gedächtnis und erfasste auch schwierige Zusammenhänge mühelos. Weil er so schnell begriff, langweilte ihn der Unterricht oft. Max hatte sich vorgenommen, die Klassenarbeit heute zu verhauen. Er war mit Abstand Klassenbester, und er war es leid ständig als Streber dazustehen. Er war einfach zu gut in der Schule, deshalb konnte ihn keiner leiden, glaubte er. Max musste hart um die Anerkennung seiner Klassenkameraden kämpfen. Mittlerweile war es ihm einfach peinlich von den Lehrern vor allen anderen gelobt zu werden. Er fand es cooler mit einer Sechs nach Hause zu kommen.
Nach der letzten Stunde ging es Max schon besser. Er hatte das Gefühl endlich mal eine Arbeit so richtig vergeigt zu haben. Max freute sich schon jetzt auf Omas Gesicht. Vielleicht würde sie ihn ja dann auch trösten, wie sie es sonst so oft mit Marie machte, wenn die mal wieder eine schlechte Note nach Hause brachte. Marie hatte im Gegensatz zu ihrem Bruder ziemliche Probleme, im Unterricht mitzukommen. Sie schaute lieber aus dem Fenster und träumte vor sich hin. Bei Klassenarbeiten hatte sie dann oft keine Ahnung, worum es ging. Nicht dass Marie zu dumm dafür gewesen wäre, ganz

bestimmt nicht. Der Unterricht interessierte sie eben nicht sonderlich, sie fand ihn einfach langweilig.
„Na, meine kleine Prinzessin!“, sagte Oma immer zu Marie, wenn sie eine schlechte Note geschrieben hatte. „Ist in der Schule mal wieder alles schief gelaufen?“
Marie mochte es, wenn Oma sie „meine kleine Prinzessin“ nannte. Als sie kleiner war, träumte sie davon eine echte Prinzessin zu sein. Jetzt wollte sie davon nichts mehr wissen. Es war ihr eher peinlich darauf angesprochen zu werden – schließlich war sie mit ihren neun Jahren zu alt für solche Träumereien.
Marie schaffte es tatsächlich in der Schule nicht über die seltsamen Geschehnisse von gestern zu sprechen. Max war erleichtert.
Doch auf dem Nachhauseweg hielt es Marie dann nicht mehr aus. Sie rannte hinter Max her. „Da war wirklich eine Elfe, Max!“
Genervt verdrehte Max die Augen. „Lass mich mit dem Mist in Ruhe! Du hast diesen Blödsinn nur geträumt, kapier das doch endlich!“
Plötzlich zog ein eiskalter Schauer an Marie und Max vorüber. Die Mittagssonne hatte die Luft so aufgeheizt, dass sie flirrte. Aber Marie und Max fröstelten, als hätte der Winter sie angehaucht.
„Was zum Teufel war das?“, fragte Max. Er blickte sich verwirrt um.
„Keine Ahnung!“, antwortete Marie und rieb sich ihre Schultern.

Vor ihnen lag der alte Kirmesplatz. Der Lärm des Karussells und das Kreischen vom Riesenrad klangen zu ihnen herüber.
„Sollte die Kirmes nicht erst nächste Woche sein?“, fragte Marie verwundert
Max zuckte mit den Schultern und sah auf die Uhr. „Lust auf Kirmes, Marie? Wir haben noch eine halbe Stunde Zeit, bis es Mittagessen gibt.“
Es roch nach gebrannten Mandeln und Popcorn. Dazu mischte sich der Duft von Bratwurst und Pommes, der für Max unwiderstehlich war. Er konnte nicht anders und stürmte los. Marie lief hinterher. Eine warme, tiefe Stimme übertönte das Gepolter der Achterbahn.
„Kommen Sie näher, kommen Sie heran! Weltsensation! Dies ist die erschreckendste Geisterbahn aller Zeiten! Hier lernen Sie das Grauen kennen! Heute bei uns zum allerersten Mal! Deshalb: Eine Freifahrt für alle, die sich trauen!“
Dafür verzichtete Max sogar auf seine Bratwurst. Er zerrte Marie durch das Gewühl zum Eingang der Geisterbahn. Richtige Wagen gab es nicht, auf fürchterlichen Klauen fuhr man durch ein riesiges Maul vorbei an spitzen Zähnen ins Innere.
Marie fühlte sich unwohl. Sie spürte wieder diesen kalten Hauch, diesmal wehte er ihr aus der Geisterbahn entgegen. „Komm, Max! Lass uns gehen!“, bat sie.
Max lachte: „Ich werde mir doch keine Freifahrt entgehen lassen!“ Schon sprang er in die geöffnete Monster-

hand. Marie hatte plötzlich Angst, dass sie Max nie wieder sehen würde, wenn sie jetzt nicht mitfuhr. Max streckte ihr seine Hand entgegen. „Komm, Marie!"
Obwohl Marie ein schlechtes Gefühl dabei hatte, sprang sie zu ihm in den Wagen. Als sie durch das große Maul fuhren, wusste sie, dass sie einen Fehler gemacht hatten. Während der Fahrt hielt sich Marie die Augen zu. Sie hörte nur das übermütige Lachen und Kreischen von Max.

Er genoss die Fahrt in vollen Zügen und verspottete die Geister der Bahn. „Na, du Knochengerippe? Du siehst aber ganz schön alt aus!“
Marie lugte vorsichtig durch ihre Finger. Sie sah einen Moorgeist mit grünen Augen.
Max brüllte: „Iiih! Bist du hässlich!“ Er verzog sein Gesicht und streckte einem buckligen Monster die Zunge heraus. „Bäh!“, schrie er.
Plötzlich blieb der Wagen stehen. Langsam schlossen sich die Klauen, in denen die beiden saßen. Marie schrie vor Angst und schlug wild um sich.
Da öffneten sich auf einmal die Klauen wieder und ein großer Mann stand vor Marie und lächelte sie freundlich an. Er zog seinen schwarzen Zylinder vom Kopf und verbeugte sich. „Gestatten, ich bin der Direktor dieser Geisterbahn!“
Auf den goldenen Knöpfen seiner Jacke blitzten gruselige Fratzen. Sie sahen genauso aus wie der Eingang der Geisterbahn. Der Direktor reichte Marie die Hand und zog sie aus dem Wagen.
Marie erschauderte. Sie hatte das Gefühl, einen Eisblock zu berühren.
„Leider haben wir einen Stromausfall“, sagte der freundliche Mann. „Ihr müsst das letzte Stück zu Fuß gehen. Ich werde euch zeigen, wo der Ausgang ist.“
Max musterte ihn nachdenklich.
„Warum siehst du mich so an?“, fragte der Direktor lächelnd. „Kennen wir uns irgendwo her?“

Max winkte ab. „Nein, nein! Sie sehen nur einer Figur aus meinem neuen Computerspiel sehr ähnlich!“
„Wie heißt dein Spiel denn?“, wollte der Direktor wissen.
„Drachentöter“, antwortete Max.
„Ich habe davon gehört! Hast du denn die Drachenburg schon erobert?“, fragte der Mann interessiert.
„Nein! Und ich weiß auch nicht, wem das gelungen ist. Bisher sind alle im siebten Level hängen geblieben“, antwortete Max.
Der Direktor beugte sich zu Max. „Der Kampf lohnt sich, mein Junge!“, flüsterte er ihm zu. „Nur der Beste kann gewinnen!“

Dann waren sie beim Ausgang angekommen. Darüber glänzte ein Schild mit der Aufschrift: *Hier endet diese Welt!*
Marie rannte auf den schwarzen Vorhang zu. Sie wollte möglichst schnell weg von dem unheimlichen Direktor. Max hingegen fiel es schwer sich von dem Mann loszureißen. Gerne hätte er sich noch länger mit ihm unterhalten. In solchen Momenten spürte er besonders, wie sehr sein Vater ihm fehlte.
Marie riss ihn aus seinen Gedanken. „Komm endlich, Max!", rief sie ungeduldig.
Der Direktor winkte Max hinterher. „Besuche mich bald mal wieder, junger Freund! Dann kannst du mir erzählen, ob du die Drachenburg erobert hast!"
Dann verschwanden die Geschwister durch den wehenden Vorhang.

Vorsicht, Flugdrache!

Ein schneidender Wind drückte Marie und Max gegen die Felswand. Max blickte in die Tiefe und ihm wurde schwindelig. Er konnte den Grund nicht sehen, und unter ihnen schwebte dunkler Nebel.
Marie kickte einen Stein über den Abgrund. Sie zählte: „Eins, zwei, drei, vier, fünf." Doch es war kein Aufprall zu hören. Marie wollte nur zurück in die Geisterbahn. Ihr kam es vor, als ob ihr Albtraum von letzter Nacht zurückgekehrt war und sie sich mittendrin befand. An jedem Ort der Welt wäre sie lieber gewesen als hier.
Doch hinter ihnen war keine Geisterbahn mehr – nur noch schroffe Felsen. So, als hätte es nie eine Geisterbahn gegeben. Eine schwarze Sonne stand am Himmel und warf lange Schatten. Hier blühte nichts. Entwurzelte Bäume lagen am Boden. An die zerklüfteten Felsen klammerten sich abgestorbene Disteln.
Marie berührte Max' Hand. „Max! Hier sieht's genauso aus wie in meinem ..."
Max hörte gar nicht zu, sondern unterbrach Marie.

„Boa!“, rief er beeindruckt. „Die Kulisse ist ja voll krass!“
Marie konnte es nicht fassen. „Max! Hör doch!“, erklärte sie verzweifelt. „Hier sieht es genauso aus wie letzte Nacht! Du weißt doch, mein Traum. Bitte weck mich auf! Ich will hier weg!“
„Fang nicht schon wieder an, Prinzessin! Das ist kein Traum!“, freute sich ihr Bruder. „Die Geisterbahn geht hier erst richtig los!“
Marie und Max sahen nichts Lebendiges. Marie fürchtete sich, und sie fühlte sich beobachtet. Ganz in ihrer Nähe knarrte etwas, und die Geschwister hörten Kettenrasseln. Als sich der dunkle Nebel lichtete, entdeckten sie eine Hängebrücke. Sie schwang über dem Abgrund und endete im Nichts.
„Abenteuer, wir kommen!“, schrie Max begeistert. Er tastete sich langsam zu der Brücke vor.
Marie hielt ihn fest. „Du gehst doch wohl nicht da hinüber?“
Max spottete: „Willst du vielleicht hier bleiben, oder was?“ Vorsichtig setzte er einen Fuß auf die erste Sprosse. Mit seinen Händen umklammerte er die rostigen Ketten. Sie waren feucht und kalt.
„Komm, lass uns abhauen, Max! Hier ist etwas, das mir Angst macht!“
„Du bist wirklich eine echte Prinzessin, Marie! Genau deshalb geht man doch in eine Geisterbahn!“, antwortete Max.

Schritt für Schritt gelangte er über die glitschigen Holzbretter in die Mitte der Brücke.
Marie folgte ihm. Als hätte der Wind nur darauf gewartet, schaukelte er sie hin und her.
Max begann zu singen: „Eine Seefahrt, die ist lustig, eine Seefahrt, die ist schön!"
Marie zog an seinem Ärmel. „Spinnst du?"
Max jubelte: „Das ist wirklich die gruseligste Geisterbahn aller Zeiten! Sag mal ehrlich, Prinzessin! Für einen Moment hast du echt geglaubt, wir seien in einer richtigen Geisterwelt, oder?"
„Du meinst, das hier gehört alles zur Geisterbahn?", fragte Marie ungläubig. Konnte ihr Bruder wirklich so blind sein?
Max wackelte absichtlich an der Kette. „Na, was denkst du denn? Wo sollen wir wohl sonst sein?"
Marie krachte durch ein morsches Holzbrett nach unten. „Ah! Hilfe, Max!" Im letzten Moment hielt sie sich an der Kette fest.
„Du kannst dich einfach fallen lassen, Marie!", kicherte Max. „Da unten sind bestimmt Netze gespannt!"
Marie baumelte an der Hängebrücke. „Gib mir endlich deine Hand, du Idiot!", schimpfte sie. Sie fühlte eine Kälte, die sich bis in ihren Magen ausbreitete. Gleichzeitig brach ihr der Schweiß aus. Plötzlich sah Marie einen fliegenden Drachen mit mächtigen Flügelschwingen auf sie zu kommen. Mit giftgrün leuchtenden Augen starrte er sie gierig an.

„Wow!“, rief Max begeistert. „Ein Rettungsgeier! Astrein, das Gerät! Für so einen gibt es in meinem Spiel hundert Punkte, wenn man ihn abknallt! Die fahren hier echt die neuesten Sachen auf!“

Der große Flugdrache stieß einen zischenden Laut aus. Mit seinen scharfen Krallen riss er Marie an sich.

„He, du alter Gummiadler! Nimm mich mit!“ Max sprang auf den Rücken des Drachen und klammerte sich an dessen Hals fest. „Jippie!“, jubelte er. „Der fühlt sich ja richtig echt an! Nicht so ein billiger Plastikdrache wie in Euro-Disney! Ich fahre gleich noch mal mit!“

Die spitzen Krallen durchbohrten Maries T-Shirt. Es drohte zu zerreißen. Marie spürte die schuppige Drachenhaut an ihren Schultern. Unter sich sah sie ein schwarz-graues Gewässer. Darin brodelte es, und fauliger Gestank stieg auf. Der Drache sauste im Sturzflug hinunter. Maries Füße streiften die blattlosen Äste der Baumkronen.

Max grölte: „Jetzt geht's los! Jetzt geht's los!"

Für einen Moment glaubte Marie, der Drache wolle in den Sumpf eintauchen. Sie zog die Füße fest an den Körper. Da änderte der Drache die Flugrichtung und erhob sich in die Berge.

„Jippie!", schrie Max. „Sattelt die Hühner! Wir greifen an!"

Marie wusste, dass ihr Bruder manchmal blöd sein konnte. Aber für so blöd hatte sie ihn nicht gehalten. Spürte er denn nicht, dass das hier alles echt war?

Sie kreisten jetzt hoch über den Gipfeln. Marie traute sich nicht mehr nach unten zu sehen und hielt sich vorsichtshalber an den Krallen fest. Der Drache schwebte über einem riesigen Vogelnest. Er schüttelte Max ab. Dann versuchte der Flugdrache Marie ins Nest zu werfen. Weil sie nicht losließ, pickte er mit seinem Schnabel nach ihr, bis sie zu Max ins Nest stürzte. Es bestand aus verdorrten Ästen und ausgetrockneten Disteln. In der Mitte lag ein riesengroßes schwarz geflecktes Ei. Marie sah sich nach dem Drachen um. Er war verschwunden, aber in dem Ei rumorte es.

„Glaubst du immer noch, dass wir in der Geisterbahn sind?“, fragte Marie.
Max nickte. „Klar sind wir in einer Geisterbahn – und in was für einer! Halt dich gut fest! Gleich geht es weiter!“
„Aber siehst du hier vielleicht irgendwo Haltegriffe oder Gurte? Die gibt es doch sonst immer“, sagte Marie.
Max kreuzte die Arme trotzig vor der Brust. „Und was denkst du, wo wir sind, Frau Oberschlau? Sag bloß nicht wieder in deinem komischen Albtraum.“
„Max, ich fürchte, wir sind im Reich des bösen Zauberers Kro gelandet!“
„Na logisch!“, spottete Max. „Wie konnte ich das nur vergessen?! Das hat dir bestimmt deine Freundin, die Elfe, erzählt, oder?“
Max baute sich groß auf. Er hielt seine Hände wie Trichter an seine Lippen und brüllte in das dunkle Tal: „Hey, Kro, alter Junge! Hier sind Marie und Max, deine Helfer bei der Unterwerfung der Menschen. Zeig doch mal, dass du ein echter Zauberkönig bist, und lass ein paar Mäuse rüberwachsen. Ich bin nämlich pleite!“
Marie zog Max zu sich hinunter. „Sei doch endlich ruhig, du Trottel! Wie kann einer in Mathe eine Eins haben und so blöd sein!“
Die kleine Elfe Mo schwirrte plötzlich über dem Nest. Ihre Flügel leuchteten bunt. Aus ihnen rieselte feiner Goldstaub. Wo er die ausgetrockneten Äste berührte,

sprossen neue, saftige Blätter hervor. Max staunte. Mo setzte sich auf Maries Hand.
„Darf ich vorstellen, Max?“, sagte Marie triumphierend. „Das ist die Libelle, die du fast erschlagen hättest.“
Max klatschte Beifall. Er glaubte Marie kein Wort. „Klasse Vorstellung! Echt!“
„Ich habe euch doch gewarnt!“, schimpfte Mo. „Warum habt ihr nicht auf mich gehört? Jetzt hat Kro es geschafft und euch in sein Reich gelockt! Ihr habt es ihm leicht gemacht. Bald werdet ihr seine willenlosen Geschöpfe sein!“
„Und was sollen wir jetzt tun?“, fragte Marie.
Das Ei bekam einen Sprung und wackelte.
„Er wird alles tun, um euch zu verführen“, antwortete Mo. „Aber euer Mut und der Glaube an das Gute in euch selbst und in jedem anderen Wesen können euch

retten. Ihr habt mehr Kraft in euch, als ihr denkt. Seht nicht nur mit den Augen, sondern auch mit eurem Herzen. Dann erkennt ihr Kros wahres Gesicht."

Ein höhnisches Gelächter ließ alle drei erschrecken. Es klang nicht menschlich. Marie bekam eine Gänsehaut, als sie das Lachen erkannte: Es war das Lachen aus ihrem schrecklichen Traum von letzter Nacht.

Da kam der Flugdrache zurück. Mit weit aufgerissenem Schnabel schnappte er nach Mo. Die Elfe versteckte sich in Maries Haaren. Marie brach einen Ast ab und stach auf den Drachen ein. „Hau ab, du bescheuerter Drache!"

Die kleine Mo flüchtete sich in die Dunkelheit, und ihr goldener Elfenstaub hinterließ eine feine, glitzernde Spur. Mit vor Zorn glühenden Augen nahm der Drache die Verfolgung auf.

Max rang nach Luft. Ihm war heiß und kalt zugleich, aber das konnte er vor seiner kleinen Schwester natürlich nicht zugeben.

„Geht die Fahrt jetzt weiter?", fragte er unsicher. Er sah auf seine Uhr. Die Zeiger drehten sich so schnell, als wären Tage nur Sekunden. Da begriff er endlich, dass etwas ganz und gar nicht stimmte mit dieser Geisterbahn.

„Marie!", flüsterte er. „Weißt du was? Ich glaube, das hier ist gar keine normale Geisterbahn. Das hier ist irgendwie echt."

Die Höhle des Ork Ork

Es kam Marie und Max so vor, als würden sie schon seit Stunden in dem Drachennest sitzen. Marie hatte ihre Eltern lange nicht mehr so vermisst wie jetzt. Max sah ihr an, dass sie gerade an Mama und Papa dachte. Sie hatte nicht nur ein Foto von ihren Eltern neben ihrem Bett stehen, sondern trug auch ein Bild von ihnen bei sich. Sie hatte es an einer goldenen Kette um den Hals gebunden. Jetzt hielt sie das kleine Medaillon mit einer Hand fest umklammert. Max dagegen wollte nicht an Mama und Papa erinnert werden. Wenn er an sie dachte, wurde er einfach zu traurig. Deshalb versuchte er Marie abzulenken.

„Hätte ich mir nur eine Bratwurst reingezogen. Oder wenigstens Popcorn mitgenommen! Ich habe einen Mordshunger!"

Marie spürte weder Hunger noch Kälte. Sie wusste genau, warum Max so herumkasperte. Er hatte einfach Angst seine wahren Gefühle zu zeigen. Wahrscheinlich hatte er auch Schiss, und ihm war eigentlich zum Heulen zumute.

Marie hielt nach der Elfe Ausschau. „Ob der Drache Mo erwischt hat?“, fragte sie besorgt.
„Die hat es bestimmt geschafft! Sah clever aus! Aber ich will jetzt was essen!“ Max packte das Drachenei und versuchte es aufzubrechen.
„Max, lass das!“, rief Marie.
Max versuchte mit einem Ast ein Loch in die Schale zu bohren. „Wenn das hier ein Märchenland ist, dann ist vielleicht für jeden von uns ein halbes Hähnchen drin!“
Da wehte von unten ein feiner Duft zu ihnen hinauf. Max sog den Geruch mit der Nase ein, als könne er ihn satt machen. Aber er bekam davon nur noch mehr Hunger. Für Max roch es nach frischen Tomaten, die in Knoblauch, Sellerie und Karottengarten. Hinzu mischte sich ein Hauch von gebratenem Fleisch. Max hatte sofort den Geschmack vom Gulasch seiner Oma auf der Zunge. Und ein besseres Gulasch gab es für ihn nicht.
Marie hingegen roch Milchreis mit Zimtzucker und Apfelkompott – ihr absolutes Lieblingsessen.
Neben ihnen knackte es, und das gefleckte Ei zerbrach. Marie und Max sprangen zur Seite. Ein kleiner Flugdrache schlüpfte aus. Seine Augen waren noch mit Schleim verschmiert, doch schon schnappte er nach den Kindern.
„Du bist ja ganz schön frech für dein Alter!“, rief Max. „Komm ruhig her! Ich bin ein Drachentöter. Zwölftausend Punkte im siebten Level. Sagt dir das was?“
Die beiden Geschwister kletterten aus dem Nest und

flüchteten sich auf einen schmalen Felsvorsprung. Das Drachenbaby watschelte ihnen wie ein Pinguin hinterher. Es pickte nach Maries Hand, als ob es ihre Finger für kleine Würmer halten würde.
„Lass meine Schwester in Ruhe!“, drohte Max.
Der Drache heulte auf und breitete seine Flügel aus. Max stieß das Tier zurück. Der Flugdrache verlor das Gleichgewicht und bewegte ungeschickt seine Flügel. Im nächsten Moment stürzte er den Abgrund hinunter. Die beiden Kinder atmeten auf. Zum ersten Mal war Marie richtig stolz auf ihren großen Bruder.
„Wahnsinn! Das hätte ich dir nie zugetraut, Max!“
„Kleine Fische! Das habe ich oft genug am Computer geübt!“, wehrte Max ab.
Die Geschwister beschlossen, dem leckeren Geruch zu folgen. Vielleicht konnten sie dort ja etwas zu essen bekommen, doch der Weg war gefährlich. Wenn wir nur ein Seil wie richtige Bergsteiger hätten, dachte Marie. Gerade noch fanden sie mit ihren Fußspitzen Halt. Ihre Finger gruben sich in jede kleine Felsritze. Die Fingernägel rissen ein. Der verführerische Geruch wurde stärker, aber mit ihm kam auch beißender Qualm und hüllte sie ein. Der Rauch kam aus einer Höhle im Berg. Marie und Max kletterten hin.
„Guck mal, Max! Da ist ein Lagerfeuer. Dort grillt jemand!“, rief Marie.
Die Höhle sah aus wie ein langer Schlauch. Vor dem Eingang hing ein großer Eisenkessel über brennendem

Holz. An der Decke glänzten im Licht der Flammen Töpfe, Kellen und tiefe Teller wie aus Gold.
„Ihr seid bestimmt hungrig!“, sprach eine Stimme aus der Tiefe der Höhle.
Marie und Max erschraken. Sie konnten noch nicht erkennen, zu wem die Stimme gehörte. Aber sie kam näher und klang freundlich.
„Schön, dass ihr den Weg zu mir gefunden habt. Hier oben in den Bergen ist es oft sehr einsam. Setzt euch! Mein Name ist Ork Ork. Seid meine Gäste!“
Vor den beiden Kindern stand ein zotteliges Wesen. Am liebsten hätte Marie es an sich gedrückt und geknuddelt. Sie vertraute ihm sofort.
„Sie ... Sie sehen ja aus wie mein alter Lieblingsteddy!“, stammelte sie.
Ork Ork lächelte sie an. „Meinst du vielleicht den, der immer in deinem Bett geschlafen hat, bis du die Sprechpuppe bekommen hast?“
Woher weiß er das?, dachte Marie und wurde rot.
Ork Ork rührte mit dem Kochlöffel in der blubbernden Suppe. „Ich habe gelernt, Gedanken zu lesen, Prinzessin! Dies ist das Reich des mächtigen Zauberers Kro.“
Angriffslustig fragte Max: „Und was müssen wir tun, damit dieser Spinner uns wieder gehen lässt, hä?“
„Na, na, na!“, sagte Ork Ork. Er sah Max tadelnd an. „So spricht man nicht über den großen Zauberer! Meine Zauberkünste habe ich von Kro gelernt. Er ist ein strenger aber hervorragender Meister!“ Ork Ork pro-

bierte schlürfend die Suppe. „Da fehlen noch Frühlingskartoffeln, frische Petersilie, rote und grüne Paprika, eine Prise Muskat und eine Hand voll Thymian."
Ork Ork schnippte mit den Fingern. Sogleich erhoben sich Kartoffeln, Paprika und Petersilie aus einem Korb. Das Gemüse und die Kräuter schwebten über der Suppe. Ein scharfes Messer schnitt es wie von Geisterhand geführt in kleine Stücke. Brav plumpste alles der Reihe nach in den Kessel.

Max war beeindruckt. „Voll cool der Trick, Teddy! Kannst du mir das auch beibringen?“
Ork Ork nickte. „Das ist für uns das kleine Einmaleins. Kro hat noch ganz andere Sachen drauf. Alles gehorcht ihm. Der Regen. Der Wind. Die Finsternis und jedes Lebewesen.“
Jetzt kam Ork Ork Marie merkwürdig fremd vor. Sie spürte wieder diese Kälte. Ihr war, als hätte sie Eiswürfel im Magen.
„Was muss ich tun, um das zu lernen?“, drängelte Max.
Ork Ork schöpfte dampfende Suppe in eine Schale und reichte sie ihm. „Es ist ganz einfach. Ich gebe dir die Macht. Du musst nur dreimal den magischen Zauberspruch sagen, und es wird geschehen, was du willst.“
„Alles, was ich will?“, fragte Max ungläubig.
„Ja, alles. Du kannst deinen Lehrer in einen grünen Elefanten verwandeln. Oder du kannst aus der Schule eine Achterbahn machen. Und wenn du willst, wird deine Oma ein Popstar.“
Max’ Augen strahlten. „Wie geht der Spruch? Sag ihn mir!“
Marie konnte nicht glauben, was sie da hörte. Sie spürte, dass dieser Riesenteddy etwas im Schilde führte. Vielleicht, dachte sie, kann der ja gar keine Gedanken lesen, sondern hat nur mit Kros Augen in mein Zimmer geguckt. Sie wurde misstrauisch. Ork Ork reichte auch ihr einen Teller heiße Suppe. Ihr war, als würde sich darin etwas bewegen.

Ork Ork aß von der Suppe. Max tat es ihm gleich. Er verbrannte sich die Lippen dabei, aber er spürte den Schmerz nicht.
Dann setzte Ork Ork seine Suppenschale ab. „Sprich mir nach: *Retsiem red tsi ork*!“
„*Retsiem red tsi* wie?“, fragte Max.
„Ork heißt das letzte Wort. Ork!“, sagte der Riesenteddy. „Nun mach schon! Das wirst du doch können!“
Max nahm einen Schluck Suppe und versuchte es noch einmal. „*Retsiem red* ...“
„Nicht, Max! Tu es nicht!“, warnte Marie ihren Bruder. Sie hatte keine Ahnung, was genau hier nicht stimmte, doch in ihrem Inneren läuteten alle Alarmglocken.
Ork Ork sah Max aufmunternd an. „Ein großer Junge wie du wird sich doch von seiner kleinen Schwester nichts sagen lassen, oder? Bist du nun ein Drachentöter oder nicht?“
„Mo! Wo bist du nur?“, flehte Marie. „Hilf uns!“
Augenblicklich war Mo da. Ork Ork schlug mit dem Löffel nach ihr, doch Mo schwebte über der Suppe und ließ ihren Elfenstaub in den Topf rieseln. Plötzlich wurde die Brühe klar und durchsichtig. Auf ihrem Grund sah Marie rote und schwarze Schlangen schwimmen.
Schnell schüttete sie ihre Suppe weg. „Iiih!“
Ork Ork packte Max und schüttelte ihn. „Nun mach schon, du blöder Bengel! Sag den Zauberspruch!“ Vor Zorn funkelten seine Augen giftgrün. Genauso wie die des Flugdrachen.

„Tu's nicht, Max!", schrie die Elfe Mo. „Sonst gehört deine Seele Kro!"
Auf einmal sah Marie nicht mehr ihren alten Teddy vor sich, sondern eine große dunkle Gestalt mit einer bösen Fratze: Es war der Zauberer Kro!
Er würgte Max. „Sag den Satz!", kreischte er.
Marie sprang den Zauberer an und zog an seinen Haaren.
Er bäumte sich auf und lachte. „Ihr wisst wohl nicht, mit wem ihr euch anlegt! In Ketten mit euch!"
Wie von unsichtbaren Klauen ergriffen, wurden Max und Marie an die Höhlenwand gedrückt. Aus dem Stein sprangen eiserne Fesseln und schlossen sich um ihre Hände und Füße.
„Dumm gelaufen!", sagte Max. „Der kann wirklich hexen!"
Kro blitzte die Elfe an und rieb sich die Hände. „Und jetzt zu dir, du Miststück!" Er rannte los und stürzte sich auf Mo. Doch die Elfe entwischte zur Decke.
„Na warte! Dich krieg ich schon!" Wie ein Insekt krabbelte der Zauberer auf allen vieren die Wand hinauf. Fast hatte er Mo erreicht. Sie schwirrte hoch über dem großen Eisenkessel und ließ Kro auf sich zu kommen. Als er nach ihr griff, blies Mo ihren goldenen Elfenstaub in sein Gesicht. Mos Störzauber wirkte sofort. Kros Körper wurde bleischwer. Sofort verlor er den Halt und fiel kopfüber in die Suppe. Die kleine Elfe sauste zu Marie und Max.

„Schnell! Bitte mach uns los, Mo!“, flehte Marie.
Max lachte bitter. „Wie soll uns dieser Winzling denn befreien? Die Ketten hier sind aus Eisen! Ich kann’s ja mal mit dem Zauberspruch versuchen! Wie ging der noch mal? *Re... Retsiem ...*“
Mo bestäubte mit ihrem Elfenglanz Maries Eisenketten. Sie verschwanden wie die Dunkelheit, wenn jemand das Licht anmacht.
Max zerrte an seinen Eisenringen. „He! Vergiss mich nicht, Libelle! Lass mich frei!“
Mo setzte sich auf seine Fesseln. „Ich glaube, dafür bin ich viel zu klein! Das schaffe ich nicht! Tut mir Leid!“
Max zog an den Ketten. „Natürlich kannst du das! Ich hab’s doch gerade gesehen!“, rief er.
Da erhob sich etwas aus dem Suppenkessel. Es sah aus wie der freundliche Direktor der Geisterbahn. Von seinem Zylinder tropfte Gulaschsuppe, an seiner Nase hing Petersilie, und auf seinen Schultern klebte weich gekochtes Gemüse. Trotz allem erkannte Marie die goldenen Knöpfe mit den aufgerissenen Mäulern darauf.
„Mach mich endlich los, Mo!“, rief Max. „Es tut mir Leid, dass ich dich ‚Libelle‘ genannt habe! Du bist die wunderschönste Zauberelfe, die ich je gesehen habe!“
„Versprich mir, niemals wieder diesen Zauberspruch zu sagen!“, forderte die kleine Elfe streng.
Max nickte, und im nächsten Moment war er befreit. Sofort fühlte sich Max wieder überlegen. Auf erstaunliche Weise waren in seinem Leben bisher die gefährlichs-

ten Situationen gut ausgegangen. Mit zwei Jahren fiel Max die Treppe hinunter, aber er brach sich nichts. Als er drei Jahre alt war, rannte er im Urlaub bei Ebbe ans Meer. Bei Flut war er spurlos verschwunden. Man suchte ihn mit Hubschraubern, und es wurde das Schlimmste befürchtet. Doch seine Eltern fanden ihn quietschvergnügt mit Seehunden auf einer Sandbank. Jetzt fühlte er sich wieder wie eine Comicfigur – unverletzbar.

„Schnell, folgt mir!“, rief Mo.

„Guter Plan!“, scherzte Max. „Muss ich mir nicht aufschreiben. Das merke ich mir auch so!“

Die kleine Elfe flog zum Höhlenausgang. Die beiden Kinder liefen ihr nach. Doch vor ihnen gähnte der Abgrund.

„Klasse Idee mit der Flucht!“, frotzelte Max. „Und wohin jetzt Fräulein Schlaumeier?“

Mo deutete nach unten. „Springt hier runter! Dort liegt ein tiefer See. Beeilt euch! Mein Störzauber hält nicht mehr lange an. Dann kann Kro uns folgen!“

Marie hielt sich die Nase zu und sprang. Es war noch viel tiefer, als sie befürchtet hatte. Der Fall erschien ihr endlos. Sie schrie laut nach ihrem Bruder um Hilfe.

Max wollte springen, doch da hörte er hinter sich eine Stimme: „Sei nicht dumm, Max! Bleib bei mir! Was können sie dir schon bieten? Sag den Zauberspruch nur dreimal, und du kannst mein Schüler werden! All das hier könnte bald schon dir gehören! Du kannst Herrscher über beide Welten werden!“

Unten klatschte Marie ins Wasser.
„Hört sich gut an, Opa!", antwortete Max. „Aber ich kann jetzt meine kleine Schwester nicht alleine lassen."
Dann sprang er in die Tiefe. Er tauchte neben Marie in den dunklen See ein. Marie war eine gute Schwimmerin, und Max hatte Mühe mitzuhalten.
„Schnell, wir müssen an Land!", rief Mo. „Hier drin gibt es ein paar gefährliche Seeungeheuer!"
Max brüllte los. „Hättest du uns das nicht früher sagen können, du dämliche Libelle?"
Marie erreichte das rettende Ufer zuerst. Erschöpft warf sie sich auf die Erde, und die kleine Elfe setzte sich auf ihre Hand.
„Sag mal, Mo! Was wäre denn passiert, wenn Max den Zauberspruch gesagt hätte?"
Max kam prustend bei ihnen an und hörte der Elfe gespannt zu.
„Wenn einer von euch beiden den Spruch dreimal sagt, erkennt ihr damit Kro als euren Meister an. Ihr werdet seine Geschöpfe, und alle Elfen, die ihr freigelassen habt, sind wieder gefangen. Dann erfüllt sich sein Fluch! Aber er kann euch nicht einfach zwingen seine Nachfolger zu werden. Das müsst ihr schon freiwillig tun. Doch er wird alle seine Verführungskünste benutzen, um euch dazu zu bringen, ihm zu folgen!"
Max wrang seinen nassen Pullover aus. „Warum ist der Alte denn so scharf darauf, dass ausgerechnet wir seine Nachfolger werden?"

Es fiel Mo schwer es auszusprechen. Sie seufzte: „Jetzt muss ich es euch wohl sagen: Ihr seid Kros Enkelkinder!“

Marie bekam vor Schreck erst keinen Ton heraus. Dann rief sie: „Niemals! Dieser böse alte Mann ist nicht unser Opa!“

„Doch, Marie“, antwortete Mo. „Prinzessin Jana verließ das Elfenreich ohne den Segen ihres Vaters. Aus Liebe zu eurem Vater wurde sie Mensch. Sie heiratete ihn, und die beiden bekamen zwei Kinder. Das seid ihr!“

Max' Augen leuchteten. „Cool.“

„Kro verfluchte seine Tochter Jana“, fuhr Mo fort. „Am liebsten hätte er alle Elfen vernichtet, aber Elfen sind unsterblich. Deshalb verbannte er sie in Bücher. Kros Herz gefror zu Eis. Aus lauter Zorn verwandelte er seine Frau Sina in eine böse Riesenkrake!“

Marie schüttelte den Kopf und wollte das alles nicht glauben. Gleichzeitig spürte sie, dass es wahr war.

„Kro versucht alles zu verdrehen“, erklärte Mo. „Sogar die Sprache. Er macht aus Licht Schatten, aus gut böse, aus lebendig tot und aus schön hässlich. *Retsiem red tsi ork* heißt übersetzt *Kro ist der Meister* – nur rückwärts gesprochen!“

Jetzt kapierte Max alles. „Dann heißt Ork Ork ja Kro Kro!“

„Ja, Max Schlaumeier. Das war Kro, euer Großvater“, antwortete Mo. „Er kann sich in jede Gestalt verwandeln. Er war der Mann aus der Geisterbahn und auch der Flugdrache. Kro ist wirklich ein sehr mächtiger Zauberer."

„Aber eigentlich ist das doch ziemlich abgefahren, oder? Da fühlt man sich endlich mal so richtig erwünscht und begehrt", witzelte Max.

Marie stieß ihn an. „Damit macht man keine Scherze!"

Max wurde kleinlaut. „Ist ja gut! Oder glaubt ihr wirklich, dass ich mich von Kro einwickeln lasse?"

Gewitterstimmung

Die Nacht verbrachten Marie, Max und die kleine Elfe geschützt in einem großen ausgehöhlten Baumstamm. Max wollte Feuer machen, um die nasse Kleidung zu trocknen, doch Mo und Marie meinten, das sei zu gefährlich.

Am nächsten Morgen machten sie sich auf den Weg zum geheimen Versteck der Elfen.

„Ihr müsst so schnell wie möglich wieder zurück in eure Welt", erklärte Mo.

„Oma macht sich bestimmt auch schon Sorgen!", sagte Marie.

„Es gibt nur drei Übergänge zwischen den Welten", fuhr die kleine Elfe fort. „Sie sind an geheimen Orten. Einer befindet sich unerreichbar für uns in Kros Eisschloss. Ein weiterer ist auf dem Drachenfriedhof versteckt. Doch da lauert der Tod. Am sichersten ist der dritte Übergang. Er liegt in unserem Elfenversteck."

Max war ganz und gar nicht ausgeschlafen und deshalb schlecht gelaunt. Wie so oft überspielte er seine Angst mit einem flotten Spruch. „Dauert es noch lange, bis

wir im Libellennest sind? Wehe, wenn mich da eine sticht!“
Wütend drehte sich Marie um. „Du gehst mir langsam auf die Nerven mit deinem Gemeckere! Wer beschützt uns denn vor Kro? Du vielleicht?“
Max verteidigte sich. „Pah! Wenn ich so stark wäre wie der Zauberer, hätte ich uns schon längst hier herausgeholt!“
Marie beobachtete, wie der glitzernde Elfenstaub die leblosen und verdorrten Pflanzen in herrlich leuchtende Wunderblumen verwandelte. Ringsherum entfaltete sich immer mehr buntes Leben.
Ein Baumstumpf rief: „Mo! Komm zu mir! Vergiss mich nicht!“
„Bald wird das ganze Reich wieder erblühen, lieber Baum!“, sagte die Elfe. „Aber ihr müsst noch ein wenig Geduld haben. Wenn ich den Staub überall verteile, findet Kro unsere Spur!“
„Wahnsinn!“, staunte Max. „Kann ich auch was von dem Super-Tuper-Staub haben? Damit kann ich auf der Glatze meines Lehrers bestimmt tolle Blumen wachsen lassen!“
„Ihr müsst wissen“, fuhr Mo fort, „vor vielen, vielen Jahren hat das ganze Reich völlig anders ausgesehen. Es war wunderschön!“
„So ist es!“, zwitscherte ein kleiner, grauer Vogel. „Ich war auch mal bunt. Kro hasst alle hellen und schönen Farben. Er liebt es dunkel, grau und kalt. Bitte! Nehmt

mich mit zu den Elfen! Nur ein Körnchen Staub genügt, und ich bin wieder so schön bunt wie früher!"
Marie öffnete ihre Brusttasche. „Setz dich besser hier rein, Mo! Dann verlierst du keinen Elfenstaub mehr, und der Zauberer Kro kann uns nicht folgen!"
Die kleine Elfe schwebte in Maries Brusttasche. Nur ihr kleiner Kopf lugte über den Rand. „Danke, Marie!", lächelte sie. „Das ist eine tolle Idee! Kro darf unser Elfenversteck auf keinen Fall finden!"
„Und was ist mit mir?", zwitscherte der kleine Vogel.
Marie streckte ihren Arm nach ihm aus. Der Vogel flatterte auf ihre Hand. „Na, du? Hab keine Angst! Ich kümmere mich um dich!"
Marie fröstelte, als der Vogel sich auf ihre Hand setzte.
„Psst. He, Marie!", wisperte die kleine Elfe. „Fühlst du nicht, was ich fühle? Ich habe hier seit vielen Jahren keinen so fröhlichen Vogel mehr gesehen!"
Marie schüttelte den Kopf. „Ach Quatsch, Mo. Das bildest du dir jetzt wirklich nur ein. Mir tut der kleine Vogel Leid!"
Mo streckte sich so nah wie möglich an Maries Ohr, damit der Vogel sie nicht hören konnte. „Und wenn es doch Kro ist? Dann führen wir ihn genau in unser Versteck!"
Der Vogel flatterte vor Marie auf und ab, zeigte ihr kleine Kunststückchen und zwitscherte dabei.
„Schau ihn dir an, Mo! Ist er nicht süß?", rief Marie.

Der Weg gabelte sich. Der Vogel und Max blieben an der Wegkreuzung stehen.
„Und wohin jetzt, Mo?“, fragte Marie.
Mo schwieg.
„Mo, was ist?“, drängelte Marie. „Wo geht's weiter?“
„Sag ich nicht! Ich habe Angst, dass wir Kro geradewegs in unser Versteck führen!“
Marie war hin- und hergerissen. Einerseits verstand sie Mos Angst. Andererseits wollte sie den kleinen Vogel nicht einfach alleine lassen. Marie kaute auf ihrer Unterlippe herum. „Was wird Kro tun, wenn er das Elfenversteck findet?“
„Er sucht es schon lange. Kro wird es augenblicklich zerstören!“, antwortete die kleine Elfe.
Da hatte Marie eine Idee. „Wir werden den Vogel testen. Und ich weiß auch schon wie.“
„Manno! Wann sind wir denn endlich da?“, maulte Max. „Ich habe schon Blasen an den Füßen!
„Es ist nicht mehr weit!“, schwindelte Marie. „Siehst du den kleinen Hügel dort oben hinter dem Tal? Da ist das Elfenversteck. Die Elfen leben dort in unterirdischen Gängen!“
Max stöhnte auf. „Nicht mehr weit? Dass ich nicht lache!“
Der kleine, graue Vogel flog los und zwitscherte: „Hab tausend Dank, meine kleine Prinzessin. Ich wusste, ich kann mich auf dich verlassen.“
Schon flatterte der Vogel zum Hügel.

Max stürmte hinterher. Er war müde und hatte Hunger und Durst. „He! Halt! Warte auf mich!“
„Max, nicht! Bleib stehen!“, rief Marie.
Doch Max hörte sie nicht. Er rannte einfach weiter. Dann blieb er mit einem Fuß in einer alten Baumwurzel hängen und stürzte zu Boden. Zum ersten Mal traten ihm Tränen in die Augen. Jetzt hätte er alles darum gegeben, um wieder zu Hause zu sein. Er wollte nur noch weg, weit weg von hier.
Marie half Max aufzustehen. Der Vogel war verschwunden. Aus allen Himmelsrichtungen sammelten sich Wolken und zogen sich über dem Hügel zusammen. Aus

den schwarzen Wolken formte sich ein Gesicht. Es verzog sich zu einer Fratze mit scharfen Zähnen. Sie riss ihr großes Maul auf. Jetzt erinnerte sie Marie an den Eingang der Geisterbahn, durch den sie gefahren waren. Die Augen waren dunkle Löcher. Im Maul glühte etwas. Fernes Donnergrollen kündete ein Unwetter an. Das Gesicht spuckte wütend Blitze auf den Hügel. Noch nie hatten Marie und Max ein so starkes Gewitter erlebt. Es wirkte außerirdisch. Die vertrockneten Bäume fingen Feuer und das Wolkengesicht blies hinein, sodass sich die Flammen in Windeseile über den ganzen Hügel verbreiteten.
Gebannt beobachtete Max das Geschehen. Er drückte Maries Hand so fest, dass es ihr wehtat. „Das war kein kleiner, grauer Vogel, Marie! Ich glaube, das war Kro! Er hat uns reingelegt! Kro zeigt uns seine Macht. Alle Elfen werden im Hügel verschüttet!"
„Irrtum!", flüsterte Marie. „Wir haben ihn reingelegt! Da sind keine Elfen!"
Max verstand sofort. Anerkennend sah er seine Schwester an. „Volle hundert Punkte, Marie! Wie bist du bloß darauf gekommen? Beim Schachspiel kannst du doch keine zwei Züge vorausplanen!"
Fünf oder sechs Blitze schlugen kurz hintereinander an der gleichen Stelle im Hügel ein. Es zischte und krachte. Beim letzten Blitz zerbarst der Hügel – wie ein Keks, der in zwei Teile bricht. Der Boden unter ihren Füßen zitterte. Dann fiel der Hügel in sich zusammen. Glühen-

der Staub wirbelte auf. Es roch nach Schwefel und verbranntem Holz.
Kros hämisches Lachen hallte durch das Tal. Es klang gemein und siegessicher.
„*Retsiem red tsi ork!*“, brüllte er. „Ich bin der Meister!“
Wo vorher ein Hügel gestanden hatte, war jetzt nur noch ein Krater. Kros Fratze verdichtete sich. Wie ein Sturmwind schraubte er sich in den Himmel. Dann war es still.
Marie und Max atmeten auf. Über Maries Herz leuchtete der goldene Elfenstaub auf ihrem T-Shirt.
Mo verneigte sich vor Marie. „Du bist noch jung und unerfahren. Aber ich spüre es deutlich: Du hast die Weisheit einer guten Königin in dir, Marie, so wie einst deine Mutter!“
„Ja, ja!“, nickte Max. „Prinzessin war schon immer Maries Traumberuf!“

Die Todessümpfe

Plötzlich wurde die kleine Elfe unruhig. „Schnell! Beeilt euch! Wir müssen hier weg!“, trieb sie die beiden Kinder an. „Bald wird Kro merken, dass wir ihn ausgetrickst haben. Dann wird seine Wut gewaltig sein!“
Selbst Max wurde bei dieser Ankündigung etwas blass um die Nase und sagte: „Na, klasse! Und wo sollen wir jetzt hin? Zur nächsten Polizeistation? Nehmen wir den Bus oder rufen wir uns ein Taxi?“
Marie schüttelte Asche von verbranntem Holz aus ihren Haaren. „Gibt es einen Ausweg, Mo? Wir können jetzt nicht mehr zum Elfenversteck. Kro lässt uns doch nicht mehr aus den Augen!“
„Es gibt immer einen Ausweg, Marie. Man muss ihn nur sehen“, entgegnete die Elfe.
Max verzog seinen Mund. „Ja, wenn das so ist – hat jemand mal ein Fernglas für mich?“
Mo zeigte in die Ferne. „Wir müssen zum Drachenfriedhof! Der kürzeste Weg führt durch die Todessümpfe! Uns bleibt keine andere Wahl. Dort ist das Tor zu eurer Welt!“

„Okay! Genau da will ich hin, also nichts wie los!“, sagte Max begeistert.
Langsam kämpften sie sich durch das morsche Unterholz vorwärts. Mo flog voran. Manche Zweige stöhnten unter ihren Füßen gequält auf. Dicke Äste brachen wie dünne Streichhölzer entzwei.
„Nicht so schnell, Mo!“, hechelte Marie. Ein ekelhafter Geruch nahm ihr den Atem. Faule Eier rochen dagegen wie ein edles Parfum.
„Hat hier irgendwer gefurzt?“, fragte Max. Ihm war schon ganz schlecht.
Vor ihnen blubberte etwas. Es hörte sich an wie eine riesige kochende Suppe. Die Luft wurde immer wärmer. Augenblicklich war ihre Kleidung durchgeschwitzt. Max blies von oben in sein Hemd. „Sind wir hier in der Sauna oder was?“
„Das sind die Todessümpfe!“, erklärte die kleine Elfe.
Marie runzelte die Stirn. „Ist das wörtlich gemeint? Wie sollen wir dann aus den Sümpfen lebend wieder herauskommen?“
„Sie werden auch Sümpfe des Verrats genannt“, antwortete Mo. „Nur wer wirkliche Freunde hat, und sie nicht verrät, kann die Sümpfe lebend durchqueren.“
„Und?“, fragte Max. „Hat das schon mal einer geschafft?“
Mo sah traurig aus. „Nicht, dass ich wüsste.“
Marie sah Max an. „Aber wir sind doch echte Freunde, nicht wahr, Max?“

Max nahm Maries Hand. „Na klar! Ich würde dich doch nicht im Stich lassen!"
Mo pustete Elfenstaub in ihre Richtung. „Auch ich bin eure Freundin! Vergesst das nicht!"
Der Boden unter ihren Füßen wurde weich und feucht. Maries rechter Fuß sank tief ein. Mit einem schmatzenden Geräusch zog sie ihn wieder nach oben.
„Du hast es leicht, Mo!", sagte Marie. „Du kannst den Sumpf überfliegen. Aber wir werden noch darin versinken, wenn wir nicht aufpassen."
Die Elfe blieb in der Luft stehen. „Es gibt Steine im Moor, über die man gehen kann. Ich kenne jeden einzelnen. Früher war der Sumpf einmal ein klarer See. Man konnte bis auf den Grund sehen. Hier gab es Regenbogenforellen und Perlmuscheln. Ein reißender

Wasserfall nährte diesen See mit frischem Bergwasser."
Max weigerte sich. „Ich gehe da nicht durch! Dann müsst ihr mich schon tragen. Ich habe nicht vor in dieser stinkenden Suppe zu ertrinken."
Diesmal gab Marie ihm Recht. „Woher sollen wir wissen, welcher Stein uns trägt, Mo?"
„Ich fliege voraus", versprach die kleine Elfe, „und bestäube die rettenden Steine mit meinem Elfenstaub. Dann leuchten sie."
Marie warf einen Blick auf ihr T-Shirt. Aus dem Elfenversteck in ihrer Brusttasche strahlte helles Licht. Darin hatte Mo eine Hand voll Elfenstaub zurückgelassen.
Mo schwirrte zum ersten Stein. Er war glitschig und bemoost. Marie nahm all ihren Mut zusammen und sprang als Erste auf den Stein. Tatsächlich! Sie hatte fes-

ten Boden unter den Füßen. Aber der Stein war so schmal, dass Max nicht mehr darauf passte.
Marie hüpfte zum nächsten sicheren Platz und rief: „Komm, Max! Spring!"
„Attacke! Ich komme!", schrie er.
Wie Tupfer von Edelsteinen glitzerten Mos Wegweiser auf dem trüben Moor. Der Elfenstaub ließ nicht nur das Moos leuchtend grün erscheinen. Es entfalteten sich auch überall kleine Knospen von bunten Wasserpflanzen. Dort, wo Mo einzelne Staubteilchen über dem Sumpf verlor, erblühten rote und weiße Seerosen. Neben Max platzten ein paar dicke Blasen, und stinkender Qualm stieg auf. „Wenn wir da hineinfallen", bemerkte er, „dann werden wir bestimmt gar gekocht. So wie Wiener Würstchen!"
„Der Sumpf ist nicht heiß, Max!", rief Marie. „Es sind nur Gase, die hier aufsteigen."
„Sag bloß, du hast in Bio ausnahmsweise mal aufgepasst, Marie!" Max wollte auf gar keinen Fall, dass sie etwas von seiner Angst mitbekam.
Marie sah zum nächsten Stein. Er schien sich zu bewegen. Blödsinn, dachte Marie. „Wir müssen weiter und dürfen jetzt nicht durchdrehen", versuchte sie sich und Max zu beruhigen. Vorsichtig setzte sie den rechten Fuß auf den verdächtigen Felsbrocken. Er war nicht bemoost und hatte rote Flecken. Marie sah sich nach Mo um. Die kleine Elfe hatte den Sumpf schon überquert. Sie war nur noch als kleiner, funkelnder Punkt zu sehen.

Jetzt stand Marie auf dem rot gefleckten Stein. Er fühlte sich an wie ein alter Autoreifen.
Marie war, als würde der Stein unter ihren Füßen wachsen. Er erhob sie mit ihr in die Luft, und sie hatte Mühe ihr Gleichgewicht zu halten. Marie glitt wie auf einer Rutschbahn den seltsamen Stein entlang. Sie suchte Halt und umklammerte das glitschige Ding. Das ist kein Stein, dachte Marie. Mo hat sich geirrt. Dann wurde sie in die Luft gewirbelt.
„Das ist eine Riesenkrake!“, schrie Max. Er wollte Marie helfen. Aber wie? Er besaß nichts, um gegen die Krake kämpfen zu können. Kein Schwert, kein Messer, keinen Stock. Max fühlte sich hilflos. Er konnte nichts tun. Außer ...
Mit dem Mut der Verzweiflung stürzte Max sich mit bloßen Händen auf die Krake. Er packte einen Fangarm und biss hinein. Er war wabbelig und schmeckte nach lebendigen Schnecken. Max spuckte salzigen Schleim aus. Er hatte das Gefühl, in seinem Mund würden Maden herumkriechen. Trotzdem biss er wieder zu. Doch das schien das Tier nicht zu stören. Flink schlängelte sich ein Fangarm um Marie und wickelte sie ein. Nur ihr Kopf guckte noch heraus. Max trommelte mit seinen Fäusten auf das Ungeheuer ein.
Die Riesenkrake verpasste Max mit einem ihrer Fangarme eine Ohrfeige. Dann schleuderte sie ihn in den Sumpf zurück. Wieder schwamm Max in der widerlichen Brühe. Er hatte Mühe nicht unterzugehen.

Die Krake wollte Marie unter Wasser ziehen. Marie blickte direkt in ihr riesiges Auge. Gierig sah es Marie an. Obwohl sie wusste, dass ihre Eltern sie nicht hören konnten begann Marie zu schreien. „Mama! Papa! Hilfe!“

Da erklang eine kalte Stimme. Max wusste nicht, woher sie kam. Sie war überall. „Max! Willst du deine Schwester retten?“

„So eine dämliche Frage habe ich ja noch nie gehört!“, rief Max zurück. „Natürlich will ich das!“

„Du weißt genau, was du tun musst!“, hallte die Stimme.

Max sah sich um. Er sah niemanden. „Ist das hier ein Quiz, oder was?“

Die Krake zog Marie tiefer in den Sumpf. Sie presste ihre Lippen zusammen, um kein Wasser zu schlucken.

„Spotte du nur, kleiner Mann!“, ertönte es von überall. „Das wird dir nicht helfen! Sprich dreimal den mächtigen Zauberspruch: *Retsiem red tsi ork!* Dann wird Marie frei sein, und ihr findet das Tor in eure Welt!“

Max schluckte. Er wusste jetzt, mit wem er es zu tun hatte. „Du lügst, Kro! Warum sollte ich dir vertrauen?“

Kro lachte höhnisch. „Du hast gar keine andere Wahl! Sonst wird die Krake diese kleine Göre verschlingen, verstehst du? Es ist ganz einfach: Sag nur dreimal den Zauberspruch!“

Max sah in Maries Augen. Ihr Blick sagte ihm: Bitte, Max! Tu es nicht!

Max war verzweifelt. Er wusste nicht, was er machen sollte. So gerne wäre er ein Held gewesen, aber er hatte Angst alles falsch zu machen.
„Na los!“, befahl Kro.
Max’ Lippen zitterten: „*Retsiem red tsi ork!*“
„Ja!“, freute sich der Zauberer. „Na also! Es geht doch! Gleich noch einmal!“
Max zögerte. Die Krake hob Marie in die Luft.
„*Retsiem red tsi ork!*“, sagte Max zum zweiten Mal.
Kro lachte böse: „Mein Junge! Das machst du wunderbar! Los, weiter! Ein letztes Mal! Ich werde dich reich beschenken! Du musst nie wieder deine Hausaufgaben erledigen oder Omas Haferschleimsuppe essen!“
So laut er konnte, rief Max: „Ich tue es nur für Marie! *Retsiem …*“
Marie wühlte ihre Hände aus den Fangarmen. „Max! Nein! Mach es nicht!“, brüllte sie. „Mo ist auch unsere Freundin! Wir dürfen sie nicht verraten. Wir müssen alle zusammenhalten!“
Max zuckte zusammen. Ihm wurde klar, dass er dabei war einen riesigen Fehler zu machen. Er erinnerte sich an Mos Worte: „Nur wer wirkliche Freunde hat und sie nicht verrät, kann die Sümpfe überleben!“
„Mach weiter!“, forderte der Zauberer. „Du hast es gleich geschafft! Lass dich nicht verwirren!“
Max brüllte zum Himmel: „Ich lasse mich von dir nicht zum Verräter an den Elfen machen, Kro!“
Die Riesenkrake versuchte Marie in ihren großen

Schlund zu ziehen, und das Mädchen glaubte sich schon verloren.
In seiner Verzweiflung paddelte Max zur Krake. In letzter Sekunde fielen ihm Mos Erzählungen über das Elfenbuch ein. Er sprach die Krake höflich an: „Also, wenn ich das richtig verstanden habe, dann bist du doch die Elfenkönigin Sina. Damit bist du eigentlich unsere Oma, oder? Und Omas fressen ihre Enkelkinder nicht! Du warst doch einmal eine gute Elfe, oder etwa nicht?"
Bei diesen Worten hielt die Krake plötzlich inne. Es war, als hätte Max sie mit seinen Worten erreicht. Sie hob Marie vor ihr großes Auge und sah sie an.
Max schrie: „Du bist unsere Oma! Die Elfenkönigin Sina! Du bist nicht immer ein böses Monster gewesen! In Wahrheit bist du Sina! Erinnere dich!"
Da veränderte sich der Blick der Krake. Eine Träne kullerte aus ihrem Auge. Die Krake schüttelte sich, und ihr Gesicht wurde gütig. Ihr Fangarm hielt Marie noch, aber er würgte sie nicht mehr. Mit ihren Saugnäpfen liebkoste sie Maries Gesicht. Dann hob sie Max aus dem Sumpf und setzte die beiden am Rand des Sumpfes an Land.
„Danke, Oma!", rief Marie und warf etwas Elfenstaub aus ihrer Brusttasche auf die Krake.
Ihre Augen leuchteten voller Glück.
Kro tobte: „Das wirst du mir büßen! Du bist die längste Zeit eine Riesenkrake gewesen! Ich verwandle dich in einen jämmerlichen Wurm!"

Aus dem blubbernden Moor erhoben sich mächtige Wellen und peitschten ans Ufer. Max und Marie rannten davon. Der Todessumpf verwandelte sich in ein stürmisches Meer, und die Riesenkrake wurde als kleiner Wurm an Land gespült. Doch seine Schwanzspitze glänzte wie Gold. Behutsam nahm Marie das winzige Tier an sich.

Auf dem Drachenfriedhof

Von den Todessümpfen bis zum Drachenfriedhof war es zum Glück nicht mehr weit. Alle waren erschöpft – besonders die kleine Elfe. Kurz vor dem Drachenfriedhof legten sie deshalb eine Pause ein. Mos kleiner Körper zitterte vor Anstrengung, und sie verlor Elfenstaub.
„Was ist mit dir, Mo?“, fragte Marie besorgt.
„Kro ist ganz nah! Ich kann ihn fühlen! Ich werde versuchen ihn von euch abzulenken. Dann habt ihr eine Chance durch das Drachentor zu entkommen.“
Während Mo sprach, wuchsen vor Maries Füßen tiefblaue Rosen.
„Du kannst dich doch jetzt nicht einfach vom Acker machen!“, beschwerte sich Max.
„Wir brauchen dich hier, Mo!“, flehte auch Marie. „Ohne dich finden wir das Tor bestimmt nicht!“
„Ihr seid jetzt auf euch alleine gestellt!“, erklärte Mo. Auf einmal veränderte sich ihre Farbe. Sie schimmerte violett.
Marie verstand sofort: So sahen Elfen aus, wenn sie richtig Angst hatten.

„Beeilt euch! Ich kann ihn nicht allzu lange aufhalten!“, sagte Mo. „Es ist nicht mehr weit. Gleich hinter dem Friedhof der Drachen liegt das Tor in eure Welt. Aber du kannst deine Oma nicht mitnehmen, Marie!“
„Warum denn nicht?“, protestierte Marie. „Du warst doch auch bei uns Menschen.“
Mo sah Marie mitfühlend an. „Das stimmt! Als Elfe kann ich zwischen den Welten wandeln. Aber Sina würde es in dieser Form nicht überleben. Das kann sie nur als Elfe.“ Mo streckte Marie ihre zarte Hand entgegen. „Gib sie mir, Marie! Ich bring sie in Sicherheit!“
Marie öffnete ihre Hand und sah, wie Mo mit ihrer Großmutter verschwand.
Marie sah geknickt aus, und Max nahm ihre Hand.
„Ich fühle mich wie bei Hänsel und Gretel“, sagte Marie. „Einsam und verlassen im tiefen, dunklen Wald. Und irgendwo lauert die böse Hexe.“
Es war inzwischen dunkel geworden, und Marie und Max machten sich auf den Weg.
„Oh, Mann!“, stöhnte Max. „Wenn wir hier nur alleine im dunklen Wald wären! Aber ich fürchte, dies hier auf dem Boden sind keine Baumstämme, sondern Drachenknochen. Und was ist die alte Hexe aus dem Märchen gegen Kro? Ein Knusperhäuschen wäre auch nicht schlecht.“
Marie und Max betraten den Drachenfriedhof. Ein Meer aus riesigen alten Knochen lag vor ihnen. Die Ge-

schwister kletterten durch das Gerippe eines hausgroßen Brustkorbes. Marie gruselte sich.
Max wurde wieder an seinen Hunger erinnert. Sein Magen knurrte: „Und jetzt ein halbes Hähnchen!"
Jeder ihrer Schritte klang wie Trommelmusik. Die hohlen Knochen schlugen unter ihren Füßen aneinander und gaben unterschiedliche Töne von sich. Ein zersplitterter Knochen riss ein Loch in Maries Hose. An ihrer Wade lief Blut herunter. Es tat nicht sehr weh, aber ein paar Blutstropfen fielen auf das Drachenskelett.
Hinter ihnen, am Ende der Sümpfe, zog ein Unwetter auf. Schwarzer, öliger Regen prasselte von oben herab. Ein eiskalter Wind pfiff zwischen den Drachenknochen hindurch. Kro selbst war nicht zu sehen, aber sein Lachen hallte laut.
Max hielt inne. „Er ist schon hier, Marie! Was hat er nur mit Mo gemacht?"
Die Knochen des Friedhofs formten sich zu einem gewaltigen Drachenheer. Marie und Max rannten los. Langsam stampften die Ungeheuer näher: Sie waren halb Drache und halb Skelett. Ein Koloss auf Knochenbeinen krachte hinter Marie und Max zusammen.
Plötzlich stand der Direktor der Geisterbahn vor ihnen. Er sprach mit schmeichelnder Stimme: „Habt keine Angst vor diesen Drachen! Ihr braucht euch nie wieder zu fürchten. Ihr seid meine Nachkommen, die Herrscher der Welten! Bleibt bei mir, und werdet unsterblich!"

Max vergrub seine Hände tief in seinen Hosentaschen. Er stellte sich breitbeinig vor den Direktor. „Ist ja gut, Opi! Vielleicht ein anderes Mal. Aber sag mir erst, was du mit Mo und unserer Oma gemacht hast!"
„Sie haben eingesehen, was für sie das Beste ist! Sie gehören wieder ganz mir!"
„Das glaubst du doch selbst nicht!", rief Marie empört, doch ihr Satz ging im Gebrüll der Drachen unter.
Kro hob seine Hand und gebot dem Drachenheer Einhalt. „Liebe Kinder!", begann er sanft. „Ihr verdankt mir viel! Vergesst das nie! Was glaubst du Max, warum du es in der Schule so einfach hattest? Deine überragende Intelligenz und deinen Mut hast von mir. In dir pocht das Herz eines Drachentöters! Und du Marie, konntest du dich nicht stets auf deine Gefühle verlassen? Sie haben dir doch immer gezeigt, was für dich gut und richtig ist. Du bist dafür gemacht eine echte Prinzessin zu werden. Ist das nicht dein Herzenswunsch?"
Marie spürte genau, dass Kro sie um den Finger wickeln wollte. Sie wehrte sich innerlich dagegen. Marie sah sich nach Mo um, konnte sie aber nicht entdecken.
„Wir sind dir echt voll dankbar, Opi!", antwortete Max. „Also tschüss dann, bis zum nächsten Mal! Wir schreiben dir eine Ansichtskarte!"
Kro nickte freundlich. „Nun gut, wie ihr wollt. Gute Heimreise!" Er zeigte ihnen ein Tor im Felsen. Es sah aus wie ein großes Drachenmaul aus Stein, das aus dem Berg herausragte. „Das ist das Tor zu eurer Welt!", sagte er.

„Das sieht genauso aus wie der Eingang der Geisterbahn“, rief Marie.
Max zeigte auf das Drachentor. „Da müssen wir durch, Marie! Ich kann den kühlen Luftzug von draußen schon spüren.“ Er ging voran, und Marie folgte ihm.
Kirmesduft stieg in Max’ Nase. „Mmhh! Marie, riech mal! Popcorn! Bratwurstduft! Bald haben wir es geschafft!“
Marie wünschte sich so sehr zu Hause zu sein. Doch sie hatte das Gefühl zu erfrieren. Es war eine unnatürliche Kälte. Sie packte Max an seinen Schultern und zog ihn zurück. „Wir dürfen keinen Schritt weiter! Das ist das falsche Tor! Kro täuscht uns schon wieder. Raus hier! Wir dürfen ihm nicht trauen! Der führt uns höchstens in sein Eisschloss!“
Max riss sich los. „Bist du verrückt? Riech doch mal! Wir sind absolut richtig!“
Am Eingang der Höhle knirschte etwas. Das Drachenmaul begann sich langsam zu schließen.
Kro winkte ihnen von draußen zu. „Geht ruhig weiter! Gleich seid ihr zu Hause!“
Marie schrie: „Zurück, Max! Wir sind hier falsch!“
Sie stürmten los. Geduckt sprangen sie nebeneinander durch das sich schließende Maul hinaus auf den Drachenfriedhof. Hinter ihnen krachten die Zähne zusammen.
Kro tobte: „Ihr ungezogenen Kinder! Ihr seid genauso wie eure Mutter! Dickköpfig und ungehorsam!“

Marie und Max waren von dem schwarzen Regen völlig durchnässt. Nicht einmal der Elfenstaub in Maries Brusttasche leuchtete mehr.
„Ja, Kro!“, entgegnete Marie. „Ich kann mich auf meine Gefühle verlassen. Du wolltest uns reinlegen und in dein Schloss locken! Wir werden uns nicht von dir an der Nase herumführen lassen!“
Marie zeigte auf ein weiteres Tor in der Felswand. Es war genau neben dem, das sie gerade verlassen hatten. Dieses Tor glich dem anderen in allen Einzelheiten. Die scharfen Drachenzähne waren gleich lang. Die Kieferknochen waren gebogen wie Krummsäbel. Die Augen funkelten schwarz. Marie fühlte ganz tief in sich hinein. Aus dem Tor kamen fürchterliche Schreie von gequälten Wesen.
„Na, das hört sich ja sehr einladend an!“, sagte Max. „Das kannst du vergessen!“
Ein warmes Gefühl durchströmte Marie. Ihr war, als würde sie nach einer langen Reise nach Hause kommen. „Das ist es Max! Wir müssen durch dieses Tor! Lass dich nicht täuschen! Die schrecklichen Laute macht Kro, um uns abzuschrecken!“
„Wer sagt dir das?“, fragte Max verwirrt.
Marie legte eine Hand auf ihre Brust. „Mein Herz!“ Entschlossen ging sie voran. Sie spürte Max zögern und hielt ihm die Hand hin. „Vertrau mir, Max!“
Da streckte Kro seine Kralle nach ihnen aus. „Ihr werdet nirgendwohin gehen! Ihr bleibt hier!“

Marie zog das Bild ihrer Eltern hervor und hielt es wie ein Schutzschild zwischen sich und Kro. Als würde er von einem furchtbaren Licht geblendet, schlug Kro die Hände vor die Augen und wich entsetzt zurück.
Marie und Max stürmten durch das Tor. Sie gelangten in einen düsteren Gang, und Max blieb plötzlich stehen. Er sah eine Vielzahl von Schlangen an den Wänden heruntergleiten. Feuerrote Nattern, grüne Vipern und eine silberne Kobra wanden sich auf dem Boden ineinander. Es sah aus wie ein lebendiger Schlangensalat. Solche Schlangen hatte Max zuvor noch nie gesehen – nicht einmal in seinem Sachkundebuch. Marie ging auf die Schlangen zu.
„Marie!“, schrie Max. „Sag mal, bist du blind?“
Marie sah sich nicht zu Max um. Sie pustete sich die Haare aus der Stirn und ging weiter. Vorsichtig schob sie ihren linken Fuß zwischen die Schlangen. Sie zischten gefährlich.
Maries Magen verkrampfte sich. Ihr Fuß berührte die erste Schlange, eine giftgrüne Viper mit gelben Punkten. Sie kniff die Augen zusammen. Die Schlange kroch in ihr Hosenbein und schlängelte sich auf ihrer nackten Haut nach oben. Wie gelähmt vor Angst stand Marie da.
Für Max hingegen sah alles ganz anders aus. Überall, wo Marie den Boden betrat, verwandelten sich die Schlangen in bunte Blumen und grüne Blätter. Es war, als sei die Zauberkraft des Elfenstaubes auf sie übergegangen.

Max wurde mutig. Er ging locker an Marie vorbei. „Komm, Marie! Ich will nach Hause!“
Marie öffnete die Augen. Aus ihrem Hosenbein wuchsen leuchtende Blumen. Max machte sich offenbar einen Spaß daraus, die Schlangen mit seinen Füßen zu verwandeln. Jede wurde dadurch zu einer wunderschönen Blume.
„Haben wir jetzt Kros Kräfte in uns, oder was?“, fragte Max.
Marie schüttelte den Kopf. „Ich hoffe nicht!“
Am Ende des Tunnels sahen beide auf einmal ein helles Licht.
Max rannte los. „Marie! Sieh doch, da vorne! Ich glaube, wir haben es geschafft!“

Wieder zu Hause

Marie und Max standen auf dem Kirmesplatz. Er war leer. Dort, wo vorhin die Geisterbahn war, lagen nur ein paar alte, zerdrückte Bierdosen auf dem Kiesboden.
„Marie!“, freute sich Max. „Wir sind wieder da! Wir sind zu Hause!“ Erleichtert drückte er seine Schwester an sich.
Marie betrachtete Max ungläubig und sah zum blauen Himmel über sich. „Max! Der schwarze Regen ist verschwunden! Du bist wieder ganz sauber! – Sag mal, wie lange waren wir eigentlich weg? Oma macht sich bestimmt schon Sorgen um uns!“
Max blickte auf seine Armbanduhr. Die Zeiger zeigten halb eins. „Das gibt es doch nicht!“, rief Max. „Es ist keine Minute vergangen! So, als wären wir überhaupt nicht weg gewesen!“
Maries Blick fiel auf ein Plakat. „Sieh mal, Max! Die Kirmes ist tatsächlich erst nächste Woche!“
„Wie bitte?“, fragte Max ungläubig. Dann kam ihm eine Idee. „Wenn sich dieses Elfenbuch wirklich selbst

schreibt, müsste all das, was wir gerade erlebt haben, auch drinstehen! Komm, Marie!"

In so kurzer Zeit hatten die beiden den Schulweg noch nie zurückgelegt. Atemlos kamen sie zu Hause an. Sie sagten ihrer Oma kaum Guten Tag und rannten sofort in Maries Zimmer.

Die Oma folgte den beiden. „Was ist denn heute mit euch los? Max? Marie? Keinen Hunger? So kenne ich euch ja gar nicht! Es gibt ungarische Gulaschsuppe! – Stellt euch vor", erzählte die Oma lächelnd, „wir haben einen neuen Nachbarn. Ein entzückender alter Herr. Er sammelt alles über Elfen. An eurem alten Elfenbuch hätte er bestimmt auch großes Interesse!"

Marie und Max hielten vor Schreck die Luft an.

„Seht nur, was er mir geschenkt hat!" Stolz zeigte die Oma ihnen eine Porzellanfigur. „Ist das nicht eine schöne Tänzerin?", schwärmte sie.

Max schüttelte den Kopf. „Nein, Oma, das ist keine Tänzerin! Das ist eine Elfe!"

Marie stöhnte. „Und sie sieht genauso aus wie Mo!"

So schnell sie konnte, rannte Marie zum Bücherregal. Sie atmete erleichtert auf. Das Elfenbuch war noch da. Aufgeregt schlug sie es auf und blickte hinein. Dann begann sie zu lesen. Dort stand alles genauso geschrieben, wie sie es gerade im Reich der Elfen erlebt hatten. Marie sah Max an. Sie wusste, dass er dasselbe dachte wie sie: Sie mussten Mo retten!

Das Reich
der
Elfen
Piratenhafen
Höhle
das Eisschloss